KB272543

한소범

1991년 광주에서 태어났다. 대학에서 국문학과 영상학을
전공했다. 가장 손때 묻은 건 늘 책이었다. 덕분에 위대한 사람은
못 되어도 한 명의 고유한 독자는 될 수 있었다. 2016년부터
한국일보에서 기자로 일하고 있다.
산문집 『청춘유감』을 썼다.

독자 되는 법

독자 되는 법

안 읽는 사람에서 읽는 사람으로

한소범 지음

추천의 말

한소범은 기자이자 서평가이며, 각종 독서 행사에서 MC까지 맡는 '프로 독자'다. 출판계를 종횡무진 누비는 그를 보고 있노라면, 마치 태어날 때부터 이마에 문자를 새기고 나온 것처럼 느껴진다. 허나 이 책에서 한소범은 그 창대한 독서 여정의 시작점이 실은 동방신기 팬픽이었다는 사실을 고백한다. 팬픽 속 남정네들의 사랑을 탐하던 그가, 어떻게 벽돌책을 독파하는 '만렙' 독자로 성장하게 되었는지 그 파란만장한 여정이 담겨 있다. 특유의 유머러스하고 흡인력 있는 문장을 따라가다 보면 '잘 읽어야 한다는 강박'이 눈 녹듯 사라지고, '계속 읽을 수 있을 것 같다는 자신감'이 차오르는 진기한 경험을 할 수 있다. 이 책은 허세와 죄책감 사이에서 흔들리고 있는 모든 '잠재적 독자'들에게 가장 솔직하고도 유쾌한 독서 길잡이가 되어 줄 책이다.

박상영 (소설가)

왜 우리는 독서의 기쁨을 스스로 검열할까. '그냥 독자'
와 '진지한 독자'는 어떻게 다를까. 책을 많이 읽으면 눈
이 나빠질까. 날카롭고, 솔직하고, 엉뚱하고, 번뜩이는
책. 저자가 던지고 자기 경험을 담아 제시하는 답은 어
떤 이에게는 독서의 부담을 덜어주고, 어떤 이에게는 독
서를 새로 발견하게 한다. 독자, 비독자 그리고 독자와
비독자를 오가는, 책과 삶의 거리를 고민하는 모든 분들
께 추천한다.

장강명(소설가)

겨우 읽고 있습니다

"취미가 뭐예요?"

"취미라기보다, 그냥, 시간 있으면 책을 읽어요."

"우와, 보통 얼마나 읽으세요?"

"글쎄요, 한 달에 열 권 정도……"

"와, 책 읽는 걸 정말 좋아하시나 봐요. 나도 책을 좀 읽어야 할 텐데."

"아……"

내가 가장 오래 해 온 일인 책 읽기에 대해 말할 때마다 항상 진실의 일부만 얘기하는 것 같은 찝찝함을 느껴 왔다. 물론 완전히 거짓말은 아닐 것이다. 나는 인터넷 창 북마크에 온라인 서점 세 곳을 등록해 두고 수시로 들어가 이 주의 신간을 확인하는 사람이다. 도서관의 올해 남은 예산을 걱정하며 집 근처 남산도서관과 용산도서관에 번갈아 희망 도서를 신청하는 사람이기도 하다. 대중교통을 오래 타야 하는 일정이 있는 날 깜빡하고 책을 챙기지 않으면 종일 허둥거린다. 연말정산 시즌에는 '아름다운가게'에 중고 도서를 기부한 내역으로 세액공제 혜택을 받는다. 그러니까, 나는 세간의 분류에 따르자면 책을 열심히 읽는 사람이기는 할 것이다.

하지만 동시에 나는 책 좀 읽는다는 사람이라면 다들 읽어 봤다는 그 책들을 읽은 적은 없다. 그래 놓고 언젠가 사람들이 모인 자리에서 그런 책이 언급될 때 읽은 척, 아는 척, 고개를 주억거렸다. 세계문학전집 목록에서 끝까지 읽은 책만 줄을 그어 표시한다면 아주 궁색하게 몇 줄만 그을 수 있을 것이다. 1시간 동안 책을 읽는다면 그중 40분은 사실상 인스타그램 릴스와 X(트위터)의 새 게시 글을 스크롤하는 데 썼다. 10분 책 읽고, 20분 릴스를 봤다. 책을 읽다 말고 릴스로 가는 건 전혀 어렵지 않은데, 릴스를 보다 책으로 돌아가려면 많은 각오가 필요했다. 내 독서 목록은 아주 얄팍하고도 편협했고, 그마저도 어떤 때는 책 읽기가 어렵고 지겨웠다.

사실 책 읽기는 '겨우' 하는 일이다. 무수한 다른 즐거운 일과 맞바꿔야 하고, 오랫동안 허리를 세운 채 앉아 있어야 하고, 집중력을 발휘해야만 한다. 많은 시간이 소요되고 즉각적인 보상이 이뤄지지도 않는다. 무엇보다 세상엔 책 읽기 말고도 '겨우' 하는 일이 너무 많다. 어른 노릇, 부모 노릇, 자식 노릇. 출근하기, 청소하기, 밥 차리기. 그런 일을 다 해내고 나면 진이 빠져 책 읽을 에너지는 남지 않는다. 그렇기 때문에 세상 모든 사람이 책을 읽어야 한다고 생각하지 않는다. 차라리 책 읽는 일 정도는 버리라고, 책 읽기만큼은 짐이 되지 않길 바란다고 말하는 편이다. 책보다는 삶이니까.

물론 내가 진정성이 부족한 독자라는 사실, 그리고 이 사실을 세상에 나만 알 거라는 죄책감은 전혀 문제가 되지 않을 것이다. 지금처럼 내가 책 읽기에 관한 글이라도 쓰지 않는 한.

오랫동안 책 주변부에서 서성거렸다. 고등학교 동아리는 독서부, 대학에서는 국문학을 전공했다. 졸업하고 나서는 소설을 썼고, 신문사에 들어와서는 서평 쓰는 일을 했다. 북토크 자리에 불려가 사회를 보고 신간 도서에 추천사를 보태기도 했다. 하도 오래 배회하다 보니 어느 순간 책 세계에서 작은 자리 하나를 차지하게 되었다. 일명 '프로 독자'가 된 것이다. 게다가 점입가경으로 책 읽기에 대한 책까지 쓰게 됐다.

막막한 심정일 때면 늘 그러듯 도서관으로 갔다. 책에 관한 도서는 총류(OOO) 중 029번대 '독서 및 정보매체의 이용' 항목에 있었다. 도서관의 가장 안쪽 자리, 실내 서고 깊숙한 곳에 자리를 잡고 앉아 며칠간 그 책들을 한 권씩 꺼내 읽었다. 물론 다 읽지는 못하고, 대신 제목과 목차와 저자 소개를 백 권쯤 읽고 나자 몇 가지 사실을 깨우칠 수 있었다. 일단 책에 관한 도서는 이미 차고 넘친다는 것. 그런 책은 보통 두 갈래였는데, 읽은 책에 대한 소개에 유명 저자가 자기 감상을 맛깔나게 덧붙인 에세이 그리고 책 읽기에 대한 직관적인 팁을 담은 실용서였다.

전자의 경우 자기 분야에서 성공을 거둔 사람이라면 이런 책을 한 권쯤 쓰기 마련인가 싶기도 했다. '오늘날 제가 이런 사람이 된 데에는 무엇보다 책의 도움이 컸습니다, 저는 이 책을 읽고 이런 사람이 되었습니다' 같은 교훈을 주는 책이었다. 후자의 경우는 특정 사람들이 참고할 법한 제목을 주로 내세웠는데, 예를 들면 엄마의 독서법, 아빠의 독서법, 초등교사의 독서법, 청춘의 독서법 같은 것이었다. 어느 쪽이든 셋 중 하나는 있어야 하는 것 같았다. 명성, 경탄, 노하우. 책 읽기는 경이롭고, 책 읽기는 유용하고, 책 읽기는 가능하다고 말할 수 있어야 했다. 그중에 내가 말할 수 있는 건 확실히 없어 보였다.

제대로 읽은 건 하나도 없는데 도서관에서 하루를 보낸 날이면 어쩐지 좀 주눅이 들었다. 세상에는 책이 너무 많고, 그중 내가 이번 생에 읽은 것과 읽을 수 있는 것은 아주 일부에 불과하다는 그 자명한 진실 때문에. 그런 와중에도 마감 시간이 임박해 허둥대며 대출한 신착 도서 몇 권에 축 늘어진 백팩이 어깨를 무겁게 짓눌렀다.

집에 도착하니 이번엔 현관 앞에 박스와 엠보싱 비닐로 감싼 택배가 또 쌓여 있다. 한 손에 잡히는, 세로 길이가 가로 길이보다 긴 직사각형 물건. 수거하면 또 쌓이고 수거하면 또 쌓이는 새 책의 탑. 물론 그 끝없이 이어지는 굴레의 원흉은 어젯밤 장바구니의 결제 버튼을 클릭한 나 자신이다. 현관 앞 새 책과 도서관에서 빌려 온 책을 한데 부려 놓으며 나는 또 아득해진다. 이 책들은 언제 또 다 읽지. 새 책 읽기를 그만둬야 하는데, 그래야 프루스트와 도스토옙스키와 『총, 균, 쇠』와 『사피엔스』와 『21세기 자본』을 읽을 시간이 날 텐데. 이번 생에 『인간의 조건』과 『정신분석 강의』와 『젠더 트러블』을 과연 읽을 수 있을까?

그러다 어느 날 조금 이른 아침에 눈이 번쩍 떠져 일어난다. 전날 밤에 읽던 책이 침대 옆에 엎어져 있다. 고작 50페이지를 남겨 놓은 채 잠들고 말았다. 다시 스르르 눈을 감았다가 이내 가까스로 눈꺼풀을 들어 올린다. 어둑한 거실의 불을 켜고 아직 겨울의 추위가 채 가시지 않은 아침의 쌀쌀한 기운에 잠을 털어 낸다. 그러곤 어젯밤 읽다 잠든 책을 펼쳐 들고 읽던 페이지부터 다시 읽어 나가기 시작한다.

희뿌옇게 동이 터 오는 거실 구석에서 책의 마지막 장을 덮는다. 잠시 책을 꼬옥 껴안은 채 아침잠과 맞바꿔 얻어 낸 황홀을 만끽한다. 불현듯 이 괴로움과 벅참에 대해 누구라도 붙잡고 말하고 싶은 기분이 든다. 문득 깨닫는다. 이것이 나의 가장 오래된 정체성이 되었다는 것을. 다른 그 무엇도 아닌 읽는 사람이.

그날 아침 내게 충만함을 준 것은 윌리엄 트레버의 소설 『여름의 끝』의 한 구절이었다. "'사랑한다'고 말했더라면, 단 한 번이라도 그렇게 말했더라면, 그게 그리도 어려운 일이었을까?"

실은 나도 궁금했다. 이 마음은 어디에서 와서 어디로 향하는 것일까. 지켜야 하는 것이라곤 3주라는 도서관의 넉넉한 반납 기일뿐인데, 왜 이토록 읽지 않으면 안 될 것 같은 기분에 시달리는 것일까. 책을 많이 읽으면 칭찬 스티커를 받던 어린 시절은 이미 다 지나갔는데, 오래된 관성이라기엔 저항하는 것들이 너무 많은데, 나는 왜 계속 읽는 것일까.

모두가 읽었다는 '그 책'은 못 읽었지만, 그래도 오랫동안 독자로 살며 꾸려 온 나만의 독서 목록은 있다. 늘 부족한 시간을 쪼개 가며 읽느라 터득한 노하우도 있다. 독자로 살면서 얻은 것도 있지만 잃은 것도 만만찮다. 경외하는 마음 못지않게 업신여기는 태도도 있다. 그 모든 것이 한 명의 독자 안에 담긴 이야기다. 그 한 명의 독자는 어떻게 탄생하는지, 거기에서부터 시작해 보자.

들어가는 글
―겨우 읽고 있습니다　…11

1　양서와 양서 아닌 것이 따로 있다?　…21
2　책 읽을 시간은 어떻게 만들 수 있을까　…31
3　많이, 빠르게 읽기 vs. 느리게, 제대로 읽기　…41
4　병렬 독서 vs. 직렬 독서　…51
5　책을 위한 공간은 어떻게 마련할까: 서재 떠나보내기
　　…61
6　무엇으로 읽을까(종이책/전자책)　…71
7　독후감 쓰기는 읽기에 도움이 될까　…81
8　혼자 읽기 vs. 함께 읽기　…91
9　과시용 독서와 텍스트힙: 모든 책 읽기는 허세다　…101
10　나만의 독서 목록 만드는 법　…111
11　문학책 더 잘 읽는 법　…121
12　한국문학 독자라는 특권　…131
13　비관주의자의 책 읽기　…141
14　어떤 어린이가 책 읽는 어린이가 될까　…151

나오는 글
―책과 그 밖의 이야기들　…161

{ 1 }
양서와 양서 아닌 것이 따로 있다?

『새의 선물』과 『이상문학상 작품집』 사이에
『백색지연인』이 있었다

그룹명과 멤버들의 예명 모두 네 글자인 '동방신기'라는 남자 아이돌그룹이 있었다. 하루만 네 방의 침대가 되고 싶다고 간지럽게 노래하며 등장한 이 그룹은 내가 초등학교를 졸업한 2003년에 데뷔해 고등학교를 졸업한 2009년에 사실상 해체했다. 동방신기는 그 시기 모든 여자 중학교와 고등학교 교실을 점령했다. 각 반에 '재중부인'과 '윤호부인'이 수두룩하고 점심시간이면 그들의 무대 영상을 교실 모니터로 다 같이 봤다.

반면 제법 고상한 '문학소녀'였던 나는 동방신기의 노래나 퍼포먼스에는 그다지 관심이 없고, 대신 다른 것에 더 큰 관심이 있었다. 바로 그들을 주인공으로 해서 팬들이 쓴 '팬픽'fan-fiction이었다. 멤버의 이름, 소속사가 기획한 멤버별 설정, 개인적 성격의 일부만 남긴 팬픽은 학원물, 느와르, 시대극 등으로 다양하게 변주되고 대부분 성적인 묘사를 담고 있었다.

나는 그 이야기를 아이리버 전자사전에 담아 나른하게 이어지는 수업 시간에 몰래 읽었다. 전자사전의 흑백 화면 안에서 멤버들은 서로 사랑하고 미워하고 배신하고 그리워했다. 수험 기간 동안 읽은 팬픽의 글자 수가 당시 풀었던 언어영역 지문의 글자 수와 비등했다고 해도 과언이 아닐 만큼 열성적이었다. 인기작은 종종 책의 형태로 제본되기도 했는데, 나는 훗날 중고 거래 플랫폼을 샅샅이 뒤져 그 책들을 소장하기도 했다.

그러나 이때의 읽기는 '공식 석상'에서 받는 "당신에게 가장 중요한 읽기는 무엇이었습니까?"라는 질문에 한 번도 주인공 자리를 차지하지 못했다. 그런 질문에 대한 대답 목록은 따로 준비돼 있었다. 은희경과 신경숙의 성장소설이요, 『이상문학상 작품집』이요, 엘리자베스 스트라우트와 윌리엄 트레버요. 하지만 그 이

전에 동방신기 5대 팬픽 중 하나라 불리는 『백색지연인』을 읽으며 울고 웃었다는 사실은 굳이 언급하지 않았다.

왜 나는 그 이야기들이 나의 독서 이력에서 중요한 비중을 차지한다고 당당하게 말하지 못할까? 왜 어떤 책은 우리에게 부끄럽고, 어떤 책은 자랑스럽게 내보일 만할까? 양서와 양서 아닌 것에는 무슨 차이가 있으며, 그 구분은 과연 어떤 의미가 있을까?

순문학 vs. 대중문학의 오래된 구분

사전적으로 '양서'良書란 내용이 교훈적이거나 건전한 책을 일컫는다. 일반적으로 문학적 가치가 있다고 평가되는 책을 양서로 분류한다면, 그 반대편에 통속적이거나 대중적 성향이 강한 '양서 아닌 책'이 있을 것이다. 때로 이는 '순문학 vs. 대중문학' 혹은 '기성문학 vs. 통속문학' 또는 '문단문학 vs. 장르문학' 등으로 나뉜다.

보통 순문학과 대중문학은 목표하는 바에 차이가 있다고 여겨진다. 순문학이 그 자체의 예술성과 문학성을 추구한다면, 대중문학은 노골적인 '재미'를 추구한다는 것이다. 이때의 '재미'는 독자의 원초적 욕망, 슬품, 감동, 분노, 설렘 등을 즉각적으로 보상해 주는 서사에서 비롯한다. 스릴러, 로맨스, 판타지, 추리처럼 각각의 재미를 가장 극대화할 수 있는 장르의 규칙을 따른다고 해서 '장르문학'이라고 구별 짓기도 한다. 반면 순문학은 재미의 속도를 늦추고 사유나 문체 실험 같은 요소로 독자의 인내를 요구한다.

그렇다면 순문학은 '재미'를 추구하지 않는가? 대중문학은 '예술성'을 추구하지 않는가? 물론 그렇지 않다. 하드보일드 탐정물의 틀 안에서 시적인 문체와 인물의 심리 탐구를 결합한 레이먼드 챈들러, SF 판타지에 성별, 권력, 사회구조에 대한 철학적 성찰을 담아 낸 어슐러 K. 르 귄처럼 장르 규칙을 따르면서도 저마다의 예술성을 성취한 작가들의 긴 목록이 있다.

한편 그 작품을 쓴 작가의 등단 여부나 작품을 발표한 매체의 성격으로 이 둘을 구분하려는 시도도 있다. 신춘문예나 문예지를 통해 등단한 작가의 작품은 순문학이고, 반면 PC통신 소설, 인터넷소설, 웹소설처럼 온라인 플랫폼을 통해 발표하면 대중문학이라는 것이다. PC통신이나 온라인 커뮤니티에서는 기존의 종이매체처럼 기성 권력의 승인을 받을 필요 없이 자신의 글을 실을 수 있기 때문에 그 수준 역시 낮을 수밖에 없다고 보기도 한다.

그러나 온라인을 통해 등장해 곧 우리 시대의 중요한 작가가 된 이들도 있다. 나우누리에 『세월의 돌』을 연재하며 데뷔한 이후 현재까지도 『룬의 아이들』 시리즈를 선보이고 있는 전민희 작가, 하이텔에 『드래곤 라자』를 연재해 한국 판타지 장르를 개척한 이영도 작가를 떠올려 보자. 이들이 신문이나 문학잡지로 등단하지 않았다고 해서 이들의 작품이 중요하지 않다고 말할 사람은 아무도 없을 것이다.

결국 양서와 양서 아닌 것이란 다만 그 작품이 얼마나 오랜 시간에 걸쳐 살아남았는지에 따라 결정되는 것일지 모른다. 당대에는 '싸구려' '통속'이라 불렸던 작품이 훗날 그 미학적 철학적 가치를 인정받거나, 반대로 당시에는 주류 중의 주류였으나 시간이 흐르면서 낡은 이야기가 되고 마는 작품을 떠올려 보자. 오늘날 누가 메리 셸리의 『프랑켄슈타인』을 단순한 괴기소설로 치부하겠는가? 누가 J. R. R 톨킨의 『반지의 제왕』을 아이들만을 위한 판타지라고 평가절하하겠는가? 그건 정말 바보 같은 짓이다.

문학을 읽는 것은 일종의 속물근성일까?

그렇다면 우리는 왜 이른바 '양서'를 추구하고, 그 '양서'란 누가 만드는 것일까? 이와 관련해 영국 옥스퍼드 대학 역사학과 학생 에린 브리지워터가 대학신문에 기고한 흥미로운 글을 한 편 읽었다(나는 이 글을 X(트위터)에 독서문화 관련 정보를 올리는 계정 '책과참치'를 통해 알게 됐다). 그는 「도와주세요! 제가 독서광인 것 같아요!」라는 제목의 글에서 자신이 실은 '속물 독자'reading snob임을 고백한다. 그가 자신을 '속물'이라 지칭한 이유는 "읽을 가치가 있다고 생각하는 책만 골라 읽음으로써 독서라는 행위를 망쳤"기 때문이다. 그는 CINDY FAZZI라는 블로거가 제시한 '문학적 교만의 여섯 가지 징후'를 인용하는데, 그 내용은 다음과 같다.

1. 교만한 독자는 상업적 장르의 작품은 전혀 읽지 않고 오직 순문학만 읽는다.

2. 자비 출판한 책은 거들떠보지도 않는다.

3. 문학작품이라도 베스트셀러는 읽지 않는다.

4. 훈훈한 내용이나 해피엔딩은 좋아하지 않는다. 우

울한 내용일수록 더 좋아한다.

5. '쉬운' 책은 싫어하고, 난해할수록 더 좋아한다.

6. 특정 시대 이후에 출판된 소설은 읽지 않는다(예를 들어 1960년대 이후 혹은 19세기 이후 등).

CINDY FAZZI는 이렇게 묻는다. "'좋은' 책에 대한 취향을 기르는 것이 속물근성일까요? '좋은' 책은 어떻게 정의하나요?"

다시 에린 브리지워터의 글로 돌아오면, 그는 자신이 읽어 온 '문학 정전'이라는 것이 결국 '유럽 백인 남성 작가'DWEMs·Dead White European Males의 작품이 아니었는지 괴로워하며 되묻는다. 그가 이런 의심을 품는 것도 당연하다. 에린이 제시한 정보에 따르면 세계 최대 규모의 온라인 도서 커뮤니티 굿리즈Goodread가 '문학 정전'이라고 발표한 50권 중 여성 작가의 책은 14권에 불과하고 그중 5권이 제인 오스틴의 작품이다. 당연히 나머지는 모두 남성 작가의 작품이고, 이는 전체 목록의 72퍼센트에 해당한다. 유색인종 작가는 토니 모리슨과 조라 닐 허스턴 두 명뿐이다.

그러면서 에린은 자신이 '정전'의 아우라에 사로잡히기 이전, '사춘기의 폭풍과 열세 살 소녀라는 끔찍

한 현실'에 갇혔을 때 자신을 구출해 준 것이 팬픽이었음을 고백한다. "내가 좋아하는 캐릭터나 유명인이 새로운 공간에서 새롭게 재해석된 모습을 보며 따뜻하고 편안한 시간을 보낼 수 있었다." 이렇게 말하는 에린에게, 당신보다 열 살쯤 많고 동북아시아에 살지만 나 역시 마찬가지라고 무한 끄덕임을 보내고 싶은 사람이 나만은 아닐 것이다.

'그냥 독자'로서 누리는 자유

대형 서점의 베스트셀러 코너를 둘러본다. 순자산이 천억 원대에 이른다는 자산가가 돈 잘 버는 비결을 알려 주는 자기계발서, 노벨문학상을 수상한 한강 작가의 대표 소설, 경제 사회 문화 분야의 주요 트렌드 키워드와 신조어를 알려 주는 전망서, 지친 마음을 위로해 주는 힐링 소설이 모두 한 칸에 진열돼 있다. 누군가는 어떻게 '저런 책'과 '이런 책'을 함께 진열하느냐며 혀를 끌끌 차고, '이런 책'을 읽는 사람은 '저런 책'을 읽는 사람을, '저런 책'을 읽는 사람은 '이런 책'을 읽는 사람을 오해하고 헐뜯기도 한다.

하지만 나는 '이런 책'과 '저런 책'이 한데 놓인 풍경을 보면 어쩐지 마음이 편안해진다. 오히려 '이런 내용'도 '저런 내용'도 결국 '책'이라는 동일한 물성에 담길 수밖에 없다는 사실에 흐뭇해지기도 한다. 이미 충분한 명성을 누리는 유명 유튜버도 결국엔 책이라는 닫힌 매체에 자기 철학을 담아 내고 싶어한다는 사실에 조금은 우쭐한 기분이, '이런 내용'만이 아니라 '저런 내용'도 책이 될 수 있다는 사실에, 그리고 '이런 책'도 '저런 책'도 모두 저마다의 독자가 있다는 사실에 조금은 다행인 기분이 든다. 베스트셀러 코너의 첫 열부터 마지막 열까지 모두 '양서'로만 채워져 있다고 생각해 보라. 그건 또 그 나름대로 숨이 막히는 풍경이다.

물론 '탁월함'에는 어느 정도 사회적으로 합의된 기준이 있다. 인류사에서 '정전'이나 '고전'이 되는 책이 이룩한 영역이 있고, 그에 대해 오랜 시간에 걸쳐 합의된 평가도 존재한다. 그렇기에 옳고 그름 혹은 좋고 나쁨의 세밀한 결을 알아채고 낱낱이 분석하는 '평론가'라는 직업도 존재하는 것일 테다. 때때로 나 역시 평론가 비슷한 일을 해야 할 때가 있다. 추천사나 특정 작품에 대한 칼럼을 청탁받았을 때다. 하지만 가끔 찾아오는 그런 순간을 제외하면 나는 대부분의 시간을 '내키는 대로 읽을 자유'가 있는 '그냥 독자'로 지낸다.

대부분의 시간에 내가 가장 많이 읽는 책은 한국 소설이다. 그다음 순서를 매기자면 외국 소설, 에세이, 인문교양서다. 자기계발서도 종종 읽고, 심리학, 경제학, 과학 등 일 때문에 읽는 분야의 책도 있다. 시는 드물게 읽고, 역사 분야의 책도 거의 읽은 게 없다. 그중에는 많은 사람이 인정하고 또 오랫동안 살아남은 '양서' '정전'도 있고, 누군가는 종이 낭비라고 생각하는 책도 있을 것이다. 나는 어떤 측면에서는 편협한 독자이고, 어떤 기준에서는 줏대 없는 독자다. 하지만 바로 그런 점에서 내가 복잡한 독자인 것이 좋다. 양서와 양서 아닌 것을 오가며, 세상의 기준이 아닌 오로지 나의 기준으로 읽고 싶은 책을 읽는 독자인 것이. 그런 자유야말로 내가 책 읽기에서 가장 누리고 싶은 것이다.

말이 나온 김에, 오늘 저녁엔 내 외장하드에 오랫동안 잠들어 있는 길티 플레저, 팬픽을 꺼내 읽어야겠다. 양서든 아니든 전혀 상관없이, 실은 전혀 '길티'하지 않은, 나의 오래된 '플레저'를.

〔 2 〕
책 읽을 시간은 어떻게 만들 수 있을까

이야기=시간 계산법

아득히 멀게 느껴지는 곳을 가야 할 때마다 내가 거리감을 상쇄하는 한 가지 계산법이 있다. 바로 '단편소설 계산법'이다. 짧은 단편소설 한 편을 읽는 데 걸리는 시간은 1시간 남짓. 가는 데 1시간이 걸린다면 단편소설 1편을 읽을 수 있다는 뜻이고, 30분을 걸어야 한다면 오디오북을 30분 들을 수 있다는 뜻이다.

얼마 전 직장 동료의 집들이에 갈 때였다. 우리 집을 출발지로, 마천에 있다는 신혼집을 도착지로 입력한 후 길찾기 버튼을 누르자 버스와 지하철을 각각 한 번씩

갈아탄 뒤 15분을 걸어가라는 안내가 떴다. 소요시간은 총 1시간 22분. 왕복 3시간이 족히 걸리는 거리였다.

마침 그때 나는 『2025 젊은작가상 수상작품집』을 읽고 있었다. 단행본 한 권에 대체로 일곱 편 내외의 단편이 실리니 거칠게 셈한다면 3시간 동안 최소한 세 편, 단행본 절반 정도를 읽을 수 있다는 계산이 나왔다. 집들이도 다녀오고 작가 일곱 명의 다채로운 소설도 몇 편 읽을 수 있다고 생각하자 먼 초행길을 나설 각오가 섰다. 가벼운 마음으로 가방에 책 한 권과 블루투스 이어폰을 챙겼다.

물론 이렇게 다짐했더라도 오고 가는 시간을 전부 책 읽는 데 쓰지는 못한다. 그날 왕복 3시간의 여정 동안 나는 단편소설 한 편을 겨우 읽었을 뿐이다. 나머지 시간은 맞은편에 앉은 사람의 신발을 쇼핑몰에서 검색하거나, 음악을 듣거나, 하릴없이 X에 올라온 새 소식을 읽는 데 썼다.

여기까지 듣고 나면 이 사람은 일상의 자투리 시간도 책 읽는 데 쓰는, 책 읽기를 정말 좋아하는 사람이구나 생각할지도 모른다. 하지만 그렇지 않다. 나는 책 읽기를 너무 좋아해서 '남는 시간'이나 '빈 시간'에도 책을 읽는 것이 아니다. 이렇게라도 그러모으지 않으면 책을 읽을 시간이란 영원히 생기지 않기 때문이다.

시간이 있어서 읽는 게 아니라
읽는 시간을 만드는 겁니다

한 달에 대략 열 권 내외의 책을 읽으려고 노력한다. 책의 분량과 종류에 따라 달라지겠지만, 한 권을 읽는 데 5시간이 필요하다고 하면 사흘에 한 권, 하루에 1시간 30분 이상은 책 읽기에 할애해야 한다는 계산이 나온다. 이 시간을 어떻게 만들 수 있을까?

산술이 복잡해지는 지점은 내가 하루에 최소 8시간 이상 직장에서 일해야 하는 회사원이라는 데 있다. 물론 기자라는 직업의 특성상 일반 회사원보다 시간 운용이 자유로운 편이지만, 그럼에도 하루 대부분의 시간을 일하는 데 써야 한다는 사실은 달라지지 않는다. 그 외에 먹고 씻고 자고 출근하고 퇴근하는 기본적인 일에 드는 시간을 제외하면, 무엇이든 내가 하고 싶은 일을 해도 좋은 시간은 놀라우리만치 적다. 관건은 이 적은 시간 동안 효과적으로 읽는 방법이다.

『루틴의 힘』『4성향』등 습관 형성에 관한 베스트셀러를 쓴 미국 작가 그레첸 루빈은 출판 전문지『퍼블

리서스 위클리』에서 '더 나은 독자가 되는 열 가지 방법'을 제시하면서 이렇게 말한다. "책을 읽는 데에는 시간이 들며, 며칠이 걸리기도 한다. 나는 항상 내가 읽고 싶은 만큼 책을 읽을 수가 없다. 습관 바꾸기에 관한 이번 책을 쓰면서, 보다 흡족한 독서를 위해 많은 방법을 시도해 보았다." 루빈이 제시한 열 가지 방법을 요약하면 다음과 같다.

1. 지루한 책을 포기하는 만큼 내가 좋아하는 책을 읽을 시간이 늘어난다.
2. 덜 가치 있는 읽을거리는 훑어 보라.
3. 난해한 평전, 수백 년 전 쓰인 종교서, 생경한 개념으로 가득 찬 과학서 등을 읽기 위해 일주일에 몇 시간만이라도 비워 두라.
4. 늘 많은 양의 읽을거리를 가지고 다니라. 빈손으로는 어디에도 가지 마라.
5. 독서 목록을 만들고, 늘 휴대하라.
6. 운전 중과 같이 읽기가 불가능한 상황에서도 읽기 위해 오디오북을 이용하라.
7. 읽고 있는 책과 완전히 다른 책이 읽고 싶어질 때, 참지 말고 그냥 읽으라.

8. 헌책slightly foxed을 읽으라.

9. 독서회를 꾸리거나 참여해 책 읽는 시간을 내기 위한 '의무 전략'에 자신을 묶어 두라.

10. 한 달 단위로 책을 추천하는 북클럽에 가입하라.

핵심은 '선택과 집중' 그리고 '강제성'이다. 읽고 싶고 읽어야 할 책을 위해 읽을 필요 없는 것은 과감하게 포기하고, 독서회나 북클럽 등 강제적인 읽기 약속을 만들라는 것이다.

나 역시 꽤 오랫동안 함께 읽는 모임을 통해 혼자서는 읽을 엄두가 나지 않는 어려운 책을 읽었다. 그러나 시간이 지나면서 저마다의 사정으로 일정을 맞추기가 어려워졌고, 대신 고안한 방법 중 하나가 바로 책과 나만의 약속을 정하는 것이었다. 그리고 이 약속은 다른 많은 약속과 마찬가지로 고유한 '색'을 부여받았다.

나의 구글 캘린더는 총 4개의 색상 라벨로 이뤄져 있다. 회사 관련 업무는 빨간색, 그 외 지켜야 하는 마감은 민트색, 사적인 약속은 보라색 그리고 책과의 약속은 회색이다. 이 회색 라벨은 다른 모든 라벨보다 우선하는 일정으로, 그날의 할 일 중 가장 위칸에 자리한다. 가령 월요일부터 수요일까지 캘린더의 가장 위칸에 회색 라벨이 떠 있고 그 안에 『이처럼 사소한 것들』이 적혀 있는 식이다. 읽어야 할 책을 다른 해야 할 일과 마찬가지로 눈에 띄게 표시해 두는 것만으로도 책 읽기는 '언젠가 시간이 나면 할 일'이 아니라 '어떻게든 시간을 확보해 해야 할 일'이 된다.

물론 이렇게 할 일로 표시해 두더라도 책 읽을 시간을 실제로 확보하지 못하면 실행할 수가 없다. 그 시간을 확보하는 방법은 사실상 한 가지뿐이다. 바로 다른 일을 하지 않는 것이다. 무엇을 한다는 건 그 외 다른 것은 하지 않는다는 뜻이고, 하루의 여가 시간이 매우 한정된 평범한 직장인인 나는 책을 읽기 위해 다른 것을 포기할 수밖에 없었다. 책 읽을 시간을 만들기 위해 점심시간마다 동료들과 맛집을 탐방하는 즐거움을 포기하고, 버스에 앉아 바깥을 보며 멍 때리는 시간을 아꼈다. 악기를 배우거나 뜨개질을 하거나 드라마를 정주행하거나 요리를 하거나 춤을 배우거나 자격증을 따거나 게임을 하는 대신 그냥 책 읽기를 선택했다.

물론 이건 독자와 독서가의 경계에서 늘 충분히 읽지 못했다는 조바심에 시달리는 나에게나 해당하는 경우다. 대부분의 평범한 독자라면 대중교통을 이용하는 시간이나 잠들기 전 아주 잠깐 혹은 주말 하루 정도로도 책 읽기에 필요한 시간을 충분히 만들 수 있다.

그런데 잠시만, 정말 그런가? 문제는 정말 시간인 걸까?

문제는 시간이 아니야

그날 마천역에서 집으로 돌아오는 지하철에서 책 읽기를 잠시 멈추고 고개를 들어 주변을 둘러보았다. 제법 승객이 많은 지하철 칸에서 책을 읽는 사람은 나뿐이었다. 물론 종이책을 읽는 사람이 나뿐이었다는 뜻으로, 거의 모두가 들여다보고 있는 휴대폰으로 어느 고전 명작을 읽는 사람이 있었을지도 모른다. 그런 가능성을 배제하지 않더라도, 대부분의 사람들이 끊임없는 피드를, 슬랙을, 노션을, 단톡방을, 유튜브를, 릴스를 보고 있으리라는 짐작은 자연스러웠다. 그렇다면 사람들은 왜 이런 시간에 더 이상 책을 읽지 않을까? 어딘가로 이동하는 '빈 시간'만큼 책을 읽기 좋은 시간은 없을 텐데, 왜?

이번엔 지하철의 시간대를 평일 아침이나 저녁으로 바꿔 보자. 지하철 안의 밀도, 사람들의 표정까지도 어렵지 않게 그려 볼 수 있다. 그 지하철에는 회사에서 9시간 동안 일하고 집에 돌아가 다시 유치원에서 하원한 아이를 씻기고 먹이고 재우는 나의 워킹맘 동료가 타고 있고, 종일 가게에서 손님을 상대한 뒤 집에 돌아와 밥을 차리고 집을 치우는 나의 가족도 타고 있을 것이다. 하루 중 자기 자신을 위해 쓸 수 있는 시간은 지하철을 타고 출퇴근하는 2시간이 전부라며 웃는 동료에게 그 시간 동안 책을 좀 읽어 보라고 말하기는 어렵다. 쓰러지듯 침대에 누워 『편스토랑』을 보다가 잠드는 엄마에게 자기 전 잠깐이라도 책을 읽으라고 말할 수는 없다.

고용노동부가 공개한 2024년 기준 우리나라 노동자의 1인당 연간 근로시간은 1,874시간으로 OECD 회원국 연간 평균 근로시간(1,752시간)보다 122시간이나 많다. 물론 이 '근로시간'에는 빨래하기, 밥하기, 청소하기, 가족 돌보기 등 가사노동 시간은 포함되지 않는다. 게다가 끊임없는 생산성 강박에 시달리는 대한민국 노동자는 퇴근 이후에도 자기계발과 공부를 멈출 수 없다. 해야 할 일의 목록은 끝도 없이 이어지는데, 그중 한 자리를 당당하게 내 달라고 말하기에 독서는 어쩐지 좀 느긋한 소리처럼 들리기도 한다.

독서는 자격증 공부처럼 당장의 성과로 환원되지 않는다. 장기적으로 볼 때 지적 효능감과 정신적 만족감을 가져다줄 것은 분명하지만, 세상은 그런 장기적 효과를 기다릴 수 있을 만큼 느린 속도로 흐르지 않는다. 게다가 순전한 재미만으로 해내기에는 고도의 집중력을 필요로 한다. 지금 페이지를 다 읽어야 다음 페이지로 넘어가는데, 소진된 이들에게 그 한 페이지를 넘기기란 무거운 바벨을 드는 것만큼이나 많은 에너지가 필요한 일이다. 운동이 꼭 필요하고 도움이 된다는 걸 알면서도 하지 못하는 이유가 단순히 의지 부족일까? 더 근본적으로는 우리에게 운동까지 할 에너지가 남아 있지 않기 때문이다. 이미 지쳐서. 충분히 지쳐서. 할 수 있는 일이라곤 집중력이 딱히 필요 없는 유튜브 쇼츠 보기가 전부여서.

그러니 독서는 어쩌면 시간만의 문제가 아닐 것이다. 봄에는 꽃을 보고 겨울에는 눈을 보고, 아이가 자라는 순간을 하나하나 눈에 담고 세상 돌아가는 뉴스를 보고, 그 모든 것을 다 하고도 여전히 에너지가 남아야 하는 문제다. 그래서 어느 무료한 주말 낮에 '책이나 한번 읽어 볼까?' 하고 시작되어야만 하는 일이다. 오랜 시간 공들여 한 권을 다 읽었는데 마침 그 책이 너무나 좋아서 다른 책을 읽을 결심까지 서야만 하는 일이다. 시간은 어쩌면 그다음 문제다.

〔 3 〕
많이, 빠르게 읽기 vs. 느리게, 제대로 읽기

단 한 번 혹은 열 번의 연애

"이 정도면 해 볼 만큼 해 본 것 같아."

얼마 전 오래 사귄 애인과 막 헤어진 친구가 말했다. 아직 애티가 가시지 않은 시절에 만나, 또래들이 숱한 애인을 만나고 헤어지는 동안에도 그들은 늘 서로에게 한 사람이었다. 테이블에 둘러앉은 우리는 오랜 연애를 끝낸 친구에게 기운을 불어넣어 준다며 "그래, 지금껏 걔만 만난 게 아깝다, 앞으로는 좀 다양한 사람을 만나 봐"라고 부추겼는데, 정작 친구는 고개를 저으며 말했다.

"10년 동안 한 사람만 만난 사람이랑 10년간 1년씩 열 명을 만나 본 사람 중에 누가 연애를 더 제대로 해 본 사람일까? 열 명을 만나면 다양한 종류의 사람과 다양한 형태의 연애를 해 볼 수 있겠지. 근데 나는 한 사람과 10년을 사귀는 연애에서만 경험할 수 있는 게 있다고 봐. 충분히 익숙해지고 견디고 포기하고 극복하고 결국 내려놓기까지 필요한 절대적인 시간이 있거든. 나는 한 명이랑 정말 다 해 봤어. 그래서 그동안 다른 사람을 못 만난 게 하나도 안 아까워."

친구의 말에 대화는 자연스럽게 당시 방영 중이던 연애 프로그램에 대한 수다로 이어졌는데, 정작 나는 혼자 다른 생각으로 빠져들었다. 어쩌면 이건 책 읽기에 대한 적절한 비유일 수도 있겠는데?

많이 읽는 법

책을 여러 권 읽는 것과 단 한 권이라도 제대로 읽는 것 중 무엇이 더 나은 독서일까? 평소 아주 많은 책을 '다독'하며 각종 지식을 섭렵하는 사람이 있는가 하면 인생을 바꾼 단 한 권의 책을 평생에 걸쳐 '정독'하는 사람도 있다. 어느 쪽이든 단지 자신이 찾은 독서법일 뿐이겠지만, 늘 많이도 읽고 제대로도 읽고 싶은 두 마음 사이를 오가는 나로서는 양쪽 모두 탐구 대상이다.

많이 읽는다는 것은 곧 한 권의 책을 빨리 읽는다는 뜻도 된다. 읽기의 '양'은 읽는 '속도'에 좌우되기 때문인데, 마침 이 글을 쓰다 우연히 소설 읽는 속도를 재 주는 사이트(www.payge.kr/speed)를 발견했다. 제시된 문학작품의 한 대목을 읽은 뒤 '다 읽었어요' 버튼을 누르면 속도를 측정해 주는 것이다. 당연히 그저 글자만 읽는 것이 아니라 확실히 '이해하면서 읽는 것'이 전제였다.

제시된 텍스트는 무라카미 하루키의 『노르웨이의 숲』과 헤밍웨이의 『노인과 바다』, 김영하의 「인생의 원점」 중 한 대목이었다. 평소 책을 읽듯 읽은 뒤 '다 읽었어요'를 클릭하자 사이트에서 "당신은 1시간에 152페이지를 읽는 사람"이라고 알려 주었다. 설명에 따르면 나는 "남다른 속도로 책을 읽는" "1년에 100권도 거뜬한 독서가"였다. 다른 사람들의 후기를 찾아 보니 1시간에 70페이지 내외가 '정석으로 읽는 성실한 독서가', 그보다 적으면 '꼭꼭 씹어 읽는 꼼꼼한 독서가'였다.

내가 평균보다 빠른 속도로 텍스트를 읽어 낸 것은 아마도 비교적 '훈련된 독서가'이기 때문일 것이다. 글자를 보는 순간 단어의 의미가 자동으로 연결되고, 어휘나 문장구조에 익숙하기 때문에 멈추지 않고 거침없이 다음 단락으로 넘어간다. 단어가 아니라 문장이나 절 단위로 의미를 인지하고, 같은 문장을 되돌아가서 다시 읽는(회귀) 횟수 역시 적다. 중요한 부분은 천천히, 덜 중요한 부분은 빠르게 읽는 판단 역시 즉각적으로 이루어진다. 이는 오랫동안 소설, 뉴스 기사, SNS 등 온갖 읽을거리를 전전해 온 사람의 뇌와 눈에서 자연스럽게 일어나는 일이다.

실제로 독서법에 관한 많은 책이 빨리 읽는 방법을 다양하게 제시한다. 손가락으로 짚어 가며 읽기, 대각선으로 읽기, 읽지 않고 보기(속발음 차단하기) 같은 잘 알려진 속독법도 있다. 꼭 이런 방법을 따르지 않더라도 요즘 많은 사람이 'F 패턴' 읽기를 통해 점점 더 빠르게 핵심만 읽어 내는 데 익숙하다. 글의 첫 줄은 다 읽지만 아래로 내려가면서 앞부분만 훑어보며 읽고, 중간쯤부터는 사실상 페이지의 왼쪽 가장자리를 따라 직선으로 내려가며 읽는 것이다. 이런 읽기 방식은 특히 각종 가벼운 정보로 이뤄진 온라인 텍스트를 읽는 데 최적화돼 있다.

앞에서 언급한 사이트에 따르면 1시간에 152페이

지를 읽는 나는 밀란 쿤데라의『참을 수 없는 존재의 가벼움』을 2시간 4분, 제인 오스틴의『오만과 편견』을 3시간 13분에 다 읽을 수 있다. 나는 이 책들을 실제로 얼마 만에 다 읽었는지 떠올려 봤다. 물론 평소 시간을 재며 책을 읽지는 않으니 정확하진 않겠지만, 2시간 4분보다 더 걸린 것만은 확실했다.

사실 책 읽는 속도는 한 페이지를 얼마나 빨리 읽는지보다 1페이지부터 100페이지까지 집중력을 얼마나 발휘하는가에 달려 있다. 하지만 우리의 집중력은 100페이지는커녕 10페이지까지도 유지되기 어렵다. 인스타그램 알림이나 각종 상념이 수시로 끼어들기 때문이다. 한번 깨진 집중력을 다시 발휘하기란 좀처럼 쉽지 않다. '많이 읽기'의 성패는 페이지를 넘기는 속도가 아니라 끊임없는 방해 속에서도 몰입을 사수하는 데 달려 있다.

제대로 읽는 법

반면 빨리 읽으려는 시도 자체가 무용한 책도 있다. 예컨대 철학자 들뢰즈의 주요 사상서를 '빨리' 읽었다는 자부는 얼마나 공허한가? 세계를 바라보는 관점을 완전히 새롭게 정의하는 책은 우리가 익숙하게 동원하는 배경지식을 무력하게 만든다. 해당 사상의 원류가 되는 지식을 모르면 다음 문장으로 넘어갈 수가 없다. 그렇기에 이처럼 어려운 책은 애초에 읽을 엄두조차 내기 힘들다. 그렇다고 이런 책을 읽기 목록에서 배제해야 할까?

일본의 현대사상 평론가인 다카다 아키노리의 『어려운 책을 읽는 기술』에 따르면 독서란 "타인의 사고를 자기 안에 이식하는 작업"이자 부딪치고 깨지는 투쟁이다. 아무리 읽어도 잘 모르겠는 책을 '어려운 책'으로 단정하고 독서 지평에 제한을 두면 결코 과거의 지식을 계승하고 미래를 구축할 수 없다. 그런 점에서 술술 읽히는 '쉬운 책'보다 '어려운 책', 그중에서도 '어려운 철학책'이야말로 그가 말하는 독서의 본질에 가깝다.

이런 책을 읽기 위해선 보다 구체적인 '기술'이 필요하다. 아키노리는 '1) 예비 조사 2) 책 선택 3) 통독 4) 상세히 읽기'라는 단계적 방법을 제시한다. 이때 중요한 점은 한두 번 읽어서는 이 책을 이해할 수 없다는 사실을 겸허히 받아들이고 이해가 안 되는 문장 앞에서도 주눅 들지 않는 것이다. '모르겠다'는 사실을 인지하고 '모르겠는 이유'를 생각하는 것까지도 하나의 과정이기 때문이다. 그럼에도 도무지 이해가 안 될 때는? 일단 다음 장으로 넘어가자. 중요한 것은 '이해할 수 있다는 믿음'이다. 독서에도 어쩌면 '중꺾마'의 마음가짐이 필요할지 모른다.

철학서가 아니더라도 '느리게 읽기'의 일상적 실천이 독서의 즐거움을 되찾아 준다는 견해도 있다. 휴스턴대학 영문학과 석좌교수이자 평론가인 데이비드 미킥스는 저서 『느리게 읽기』에서 '느리게 읽기'가 더 '제대로 된 독서'라고 말한다. 그가 말하는 '느리게 읽기'는 작품의 리듬과 의미, 저자의 의도와 가치관을 섬세하게 파악하고 때로는 소리 내어 읽으며 암기하는 것까지 포함한다. '느리게 읽기'의 효과가 가장 큰 장르는 당연히 문학작품이다. 작가의 문체가 곧 장르가 되고, 구조와 모티프가 이야기의 뼈대가 되는 문학작품은 주제와 줄거리를 파악하는 것만큼이나 숨겨진 의미를 길어 내는 것이 독서의 주된 즐거움이기 때문이다. 미킥스가 제시하는 '느리게 읽기'를 위한 열네 가지 규칙은 다음과 같다.

1. 인내심을 가져라.
2. 핵심적인 질문을 던져라.
3. 목소리를 파악하라.

4. 문체를 감지하라.

5. 처음과 끝에 주목하라.

6. 이정표를 찾아라.

7. 사전을 적극 활용하라.

8. 핵심 단어를 추적하라.

9. 작가의 기본 사상을 발견하라.

10. 의심의 기술을 길러라.

11. 작품을 분해하라.

12. 메모하는 습관을 길러라.

13. 다른 길을 탐험하라.

14. 또 다른 책을 찾아라.

미킥스의 규칙을 굳이 참조하지 않더라도 요즘 독자는 '느리게 읽기'의 즐거움과 그 방법을 이미 아는 듯도 하다. '필사'와 '교환 독서'의 유행을 보면 그렇다. 좋아하는 책의 문장을 노트에 베껴 쓰고 책 귀퉁이에 감상을 메모한 뒤 다른 사람과 돌려 보는 방식은 극단적으로 느린 독서다. 하지만 독서란 때로는 다음 페이지로 넘어가기보다 같은 페이지에 가능한 오래 머무는 것에 그 의미가 있기도 하다.

휩쓸리고 휘말리기

각종 분야의 달인을 수소문해 소개하는 『생활의 달인』이라는 방송 프로그램에서 전국의 '속독 달인'을 모아 보여 준 적이 있다. 다양한 속독의 달인이 나왔는데, 그중에서 한 초등학교 4학년 남자아이가 289쪽에 달하는 책을 단 3분 만에 읽어 냈다. 심지어 다 읽은 뒤에는 특정 페이지의 특정 단락에 나오는 ○○○ 이름이 무엇이냐는 질문에 대답도 척척 했다. 어떻게 그게 가능하냐고 묻자 소년은 "글자를 세 개씩 합치면서 이렇게 세 개, 세 개, 세 개, 읽었어요"라고 답했다. 소년이 다니는 속독학원의 선생님은 이를 "여러 단어를 묶어서 한 글자로 보는 능력"이라고 설명했다.

왜 이렇게 읽어야 하는지 추측하기란 어렵지 않다. 우리 대다수가 거쳐 온 입시를 떠올려 보자. 정해진 시간 내에 주어진 지문을 읽고 정답을 맞히는 것이 시험의 형태다. 따라서 빠르게 글의 요지를 파악하는 '속독' 능력이 도움이 된다. 하지만 나는 소년이 맞힌 특정 페이지의 특정 단락에 나오는 ○○○ 이름보다는 다른 것이 더 궁금했다. 289쪽의 책장을 넘기는 그 3분 동안 소년의 머리와 마음속에서는 어떤 일이 일어났을까? 3분은 과연 그 책이 흔적을 남기기에 충분한 시간이었을까?

독서에 필요한 능력이 있다면 아마도 기억력과 요지를 파악하는 능력만은 아닐 것 같다. 오히려 골몰하고 의심하는 능력이 더 중요하지 않을까? 너무 쉬워서 읽는 내내 철저하게 장악할 수 있는 글보다 휘말리고 휩쓸려서 어찌할 줄 모르겠는 이야기가 결국엔 우리 발목을 오래 붙잡으니까. 그리고 이 역시 연애의 속성과 다르지 않을 것이다. 머뭇거리고 이리저리 헤맨 연애일수록 우리를 오래 뒤흔드니까. 나는 내가 지금껏 읽었던 사람들을 떠올렸다. 막힘없이 읽어 내려간 사람보다는 한참을 서성인 상대가, 단숨에 파악한 마음보다는 한참을 헤맸던 고백이 더 선명하게 각인됐다. 그러니 부디 조바심 내지 않기를. 결국 속도가 아니라 흔적이 우리를 자라게 할 테니까.

{ 4 }

병렬 독서 vs. 직렬 독서

당신의 독서가 10퍼센트 진행되었습니다

이 글을 쓰기 위해 책상 앞에 앉았다. 글을 쓰기 전에 주
위부터 둘러본다. 책상 가운데에 놓인 컴퓨터 양쪽에 책
이 각각 세 권씩 쌓여 있다. 우선 왼쪽에는 송길영의 신
작 『시대예보』, 사이토 다카시의 『독서력』과 『독서는
절대 나를 배신하지 않는다』가 있다. 『시대예보』는 저
자와의 북토크가 예정돼 있어 읽기 시작한 책으로 아직
목차밖에 보지 못했다. 사이토 다카시의 저서는 지금 이
글을 쓰기 위해 도서관에서 빌려 와 가볍게 한 차례씩
훑어보았다.

오른쪽으로 눈을 돌린다. 이기호 작가가 11년 만에 펴낸 장편소설 『명랑한 이시봉의 짧고 투쟁 없는 삶』과 에이모 토울스의 장편소설 『모스크바의 신사』, 피에르 베르제가 세상을 떠난 연인을 향해 쓴 서간집 『나의 이브 생 로랑에게』가 가지런히 놓여 있다. 『명랑한 이시봉』은 이기호 작가가 출간 직후 직접 보내 준 것이 이미 한 달 전이다. 앞의 10페이지를 읽고 독서가 잠정 중단되었는데, 변명하자면 528페이지에 달하는 책을 진득이 읽을 시간이 도통 나지 않았다. 마침 며칠 뒤면 긴 명절 연휴이니 그때 꼭 읽겠다고 다짐한 참이다. 에이모 토울스의 『모스크바의 신사』는 언젠가는 꼭 읽어 보리라 벼르던 책으로, 작가의 신작 『테이블 포 투』가 출간된 김에 마음먹고 같이 샀다. 이 책 역시 724페이지에 육박하기 때문에, 마찬가지로 이번 연휴에 꼭 읽으리라 다짐했다. 4개월 전 서울국제도서전에서 구매한 『나의 이브 생 로랑에게』는 여태껏 그냥 책상 위에 놓여 있다. 오늘은 정말로 꼭 읽……

이런 식으로 이어지는 목록은 끝이 없다. 가방 속에 있는 책, 소파 위에 널브러진 책, 침대 머리맡에 놓인 책…… 읽는 '중'인 책의 목록이 늘 한 무더기다. 구독 중인 전자책 서비스에 접속하면 상황은 더욱 총체적 난국

이 된다. 세심하게도 앱이 현재 얼마나 읽었는지 퍼센티지로 알려 주는 덕에, 이런 산발적 읽기의 심각성을 한눈에 확인할 수 있다. 김서해의 『여름은 고작 계절』은 50퍼센트, 일라이 클레어의 『눈부시게 불완전한』은 30퍼센트를 읽었다. 강덕구의 『한 움큼의 외로운 영혼들』은 10퍼센트다. 몇 달째 10퍼센트에 머무는 책은 사실상 읽기를 중단한 셈이나 마찬가지이지만, 언젠가는 꼭 끝까지 읽으리라 생각하며 절대 책장에서 삭제하지 않는다. 끝없이 이어지는 스크롤을 내리다가 문득 아득해진다. 도대체 난 지금 몇 권의 책을 동시에 읽는 거지?

이 책이 재미없다고 다른 책 읽기를 그만둡니까?

여러 권의 책을 동시에 읽기, 이른바 '병렬 독서'가 독서 문화의 새로운 트렌드가 된 것 같다. 인기 유튜브 채널 '민음사TV'에 출연한 편집자가 무려 68권의 책을 병렬 독서 중이라고 밝히자 곳곳에서 "나도 실은 그렇게 읽는다"고 주창하는 사람들이 쏟아져 나왔다. '병렬 독서'라는 표현이 하나의 밈이 된 것인데, 사실 병렬 독서가 대단히 새로운 독서법은 아니다. 우리 모두 알고 있듯, 우리의 시간은 유한하고 재미있어 보이는 책은 늘 시간을 압도하기 마련이니까. 특히 편집자처럼 직업상 다양한 신간 도서를 검토해야 하는 경우 한 번에 한 권만 읽기란 사실상 불가능할 것이다.

병렬 독서가 새롭게 유행하기 이전부터 꾸준히 병렬 독서의 장점을 주장해 온 이들도 많다. 대표적 인물이 일본의 교육심리학자로 국내에서도 『일류의 조건』 같은 베스트셀러로 유명한 사이토 다카시다. 그는 다양한 저서를 통해 "한 권에 대한 집착을 버려야 한다"고 말해 왔다. 애초에 "책을 '처음부터 끝까지 다 읽겠다'는 것은 집착"이며, 오히려 "얼마만큼 다양한 책을 접할 것인지, 책과 얼마나 교감할 것인지가 중요하다"(『세상에 읽지 못할 책은 없다』)고 주장한다. 심지어 일반 단행본의 경우 전체 분량의 20~30퍼센트만 읽어도 괜찮다고 한다.

다카시는 이를 병렬 독서와 비슷한 말인 '병행 독서'라고 부르는데, 그가 병행 독서를 주장하는 이유는 간단하다. 완독을 목표로 하다가 아예 책 읽기를 그만두기보다는 차라리 "여기저기 벌레 먹은 듯 듬성듬성 읽더라도" 어떻게든 지속하는 게 더 중요하다고 보기 때문이다. 이야기 흐름이 느리거나 흥미가 떨어지는 구간을 만나면 독서가 정체되기 쉽고, 그로 인해 한 권에 오래 갇혀 있으면 결국 독서 슬럼프에 빠지게 된다. 이때 한 권을 다 읽어 내려 집착하기보다 차라리 가뿐하게 포기하고 다른 책으로 넘어가는 게 결과적으로 더 낫다는 것이다. 즉 병렬 독서 혹은 병행 독서는 훨씬 더 '유연하게' 책을 읽는 방식인 셈이다(그런 점에서 책은 일단 많이 사 두는 편이 좋다. 한 권만 샀는데 재미없어서 읽기를 멈추면 그것으로 끝이지만, 여러 권을 사면 한 권을 중간에 포기하더라도 곧장 다른 책으로 독서를 이어갈 수 있으니까).

이렇게 읽으면 결국 한 권도 제대로 못 읽지 않을까 생각할 수도 있지만, 다카시의 논지에 따르면 결과적으로 이 같은 병행 독서 방식이 6개월을 기준으로 할 때 더 높은 독서량을 보인다. 물론 병행 독서를 '끊김 없이' 계속한다는 전제하에. 이를 위해 병행 독서를 효과적으로 이어 가는 기술도 필요하다. 그중 하나가 바로 '언제 어디서든 책을 읽을 수 있도록' 자신의 생활공간에 여러 권의 책을 분산해 두는 것인데, 나 역시 전에 쓴 책 『청춘유감』에서 비슷한 방법을 소개한 적이 있다.

내가 추천하는 방법은 'T(Time) P(Place) O(Occasion)' 전술이다. 시간과 장소와 상황을 고려해 손

닿는 모든 곳에 적절한 책을 배치해 두고 자연스럽게 집어 들도록 하는 전략이다.

예를 들어, 침대 머리맡에는 하룻밤에 독파하기 어려운 벽돌책을 두는 것이 좋다. 애초에 '끝까지 다 읽고 잘 거야'라는 목표 설정 자체가 불가능하기 때문에 오히려 적당히 읽다 잠들 수 있다. 이런 책은 친절하게 숙면으로 안내해 주는 역할까지 한다

소파 근처에는 에세이를 두는 것이 좋다. 소파는 앉아서 읽다 결국 눕게 되는 자리라 좀 늘어진 자세로 읽어야 가벼운 흐름에 몸을 맡길 수 있는 에세이 장르가 잘 어울린다. 화장실도 빼놓을 수 없는 독서 공간 중 하나다. 사실 화장실만큼 온갖 글이 잘 읽히는 곳도 없다. 오죽하면 샴푸의 성분까지 읽겠는가. 다만 너무 오래 머물면 대장 건강에 안 좋으므로 이곳에서는 시집이 제격이다. 화장실에 시집을 두면 지루한 시간도 아름다운 시를 몇 편이나 읽을 수 있는 귀한 시간으로 바뀐다. 책상 주변에는 '정독'이 필요한 책을 두는 것이 좋다. 내 경우에는 대개 소설인데, 읽다가 밑줄을 그어야 할 때가 많아 늘 연필이 필요하기 때문이다.

그 외에 다카시가 추천하는 방법으로 다음과 같은 것이 있다.

— 출근길 지하철 안에서는 업무 기술이나 정보를 얻기 위한 책으로 워밍업을 하고,

— 퇴근할 때는 재미있는 소설 등으로 머리를 식힌다.

— 집에 돌아와 시간이 되면 인문서나 평전을 읽는다.

— 잠자리에 들기 전에는 종교나 명상 관련 책을 읽으면서 정신을 안정시킨다.

— 주말에는 장편소설을 읽거나 지금까지 접하지 못한 새로운 장르에 도전해 본다.

병렬 독서의 가장 큰 장점은 책에 대한 마음가짐을 가볍게 만들어 준다는 것이다. 앞부분만 읽어도 괜찮고, 서문이나 목차, 하다못해 표지만 읽어도 된다는 마음을 늘 갖는 것. 독서가 숙제나 과업이 아니라 언제든지 그만둬도 상관없는 일이 되는 순간부터 우리의 읽기는 시작된다.

무인도에 딱 한 권의 책만 가져갈 수 있다면

그럼에도 한 권을 끝까지 다 읽고 다음 책으로 넘어가는 직렬 독서만의 즐거움 역시 언급하지 않을 수 없다. 직렬 독서는 무엇보다 우리에게 '완독'의 기쁨을 가져다

준다. 나 역시 독서의 여러 과정 중에서도 좋아해 마지
않은 것이 독서기록장에 '읽었음' 표시를 하는 순간이
었다. 그건 평범한 일상에서 얻는 몇 안 되는 소중한 성
취의 순간이기도 했다. '끝맺음 성취'의 감각이 너무나
달콤해서 몇 번이고 반복해 누릴 수만 있다면 얼마든지
인내할 수 있을 것 같았다.

　한 권의 책을 보다 통합적으로 이해할 수 있다는 점
역시 직렬 독서의 장점이다. 직렬 독서는 동일한 맥락
안에서 정보가 누적되므로 미세한 단서나 주제 의식을
더 세밀하게 포착할 수 있다. 특히 인물 정보나 복선이
유기적으로 연결되는 장편소설 또는 논리구조가 단계
적으로 전개되는 논픽션을 읽을 때 직렬 독서가 효과적
이다. 책이 바뀔 때마다 이전의 내용을 떠올리기 위해
들어가는 정신력 소모가 줄어드니 집중력을 유지할 수
있고, 기억이 연속되므로 책의 내용을 오래 기억하는
데 유리하다.

　결국 가장 좋은 방법은 병렬 독서와 직렬 독서의 장
점을 결합하는 것이다. 다양한 책을 동시에 읽되, 그 안
에서도 나름의 우선순위를 정해 가장 먼저 읽어야 할 책
을 끈기 있게 읽기. 완독 스트레스를 줄이기 위해 목록
에 비교적 쉽게 읽을 수 있는 에세이나 만화책을 끼워

넣기. 도저히 진도가 안 나가는 책은 과감히 중단하기. 동시에 읽는 책의 목록을 무한히 늘리지 않기. 가벼운 목표를 정해 두고 읽기. 늘 그렇듯 읽는 방법에 정답은 없고, 중요한 것은 읽기를 멈추지 않는 것이니까.

이제 이 글을 마무리해야 할 때다. 책상 앞에 앉아 다시 주위를 둘러본다. 왼편에 세 권, 오른편에 세 권, 침대 머리맡에 한 권, 소파에 한 권, 그 외에 무수한 책과 함께 계속될 나의 읽기를 떠올린다. 그 책들을 바라보다 눈을 감는다. 잠시 후 주변 풍경이 바뀌고, 나는 광활한 바다로 둘러싸인 아주 작은 무인도에서 눈을 뜬다. 이곳에서는 모든 것을 동시에 해내야 한다는 조바심도 없고, 꼭 익혀야 할 것 같은 지식도, 흥미로운 새로운 소식도, 자극도 없다. 나를 둘러싼 세계는 결코 팽창하지 않고, 나의 좌표는 이곳에 고정돼 있다. 그리고 내 손에는 한 권의 책이 들려 있다. 나에게 주어진 다른 선택지는 전혀 없고 시간은 계속되고 오로지 하나의 세계만 있을 때, 나는 어쩐지 그게 자유 같다고 느낀다. 그리고 내가 영원히 반복해서 읽을 그 책의 제목은 바로……

{ 5 }
책을 위한 공간은 어떻게 마련할까
: 서재 떠나보내기

나아지는 삶의 증거가 되는 책

책은 관념적으로는 지식의 집합체이지만, 그에 앞서 무엇보다 물리적 공간을 점유하는 물체다. 온라인 서점에서 몇 권의 책을 읽었는지 가늠할 때 '빌딩 몇 층 높이' 같은 계산식이 동원되는 건 그만큼 책이 이 지구에서 많은 자리를 차지하기 때문이다(참고로 지구 둘레인 39,960킬로미터를 한 바퀴 돌기 위해선 약 1억 7,760만 권이 필요하다고 한다). 책을 소유한다는 건 그만큼의 공간을 거느려야 한다는 뜻이기도 하다.

나 역시 항상 책만을 위한 공간을 갖기를 꿈꿨다.

책상에 덤으로 붙은 책장이 아니라, 좋아하는 책이 저마다의 규칙 아래 질서정연하게 자리 잡은 나만의 정갈한 도서관 앞에서 뭐라도 이룬 것 같은 기분을 느껴 보고 싶었다.

만 열아홉 살에 서울로 올라와 보증금 500만 원에 월세 30만 원짜리 옥탑방에 첫 짐을 풀었다. 4평 남짓한 방은 싱글 매트리스와 왕자 행거, 미니 냉장고와 다이소 서랍장, 좌식 책상만으로도 꽉 찼다. 거기에 나의 첫 책장, 책장이라 부르기엔 민망한 2×2 다용도 선반이 있었다. 좌식 책상에 앉아 한 손을 뻗으면 팔꿈치가 다 펴지기도 전에 선반의 책이 잡혔다. 그렇게 한 권씩 야금야금 꺼내 읽고, 바닥에 드러누워서 읽고, 날씨가 좋은 날은 옥상의 아스팔트 마당에 돗자리를 깔고 누워 책을 읽었다. 그 옥탑방의 장점 중 하나는 학교 도서관과 가까운 쪽문 근처에 있어 도서관에서 책이 무한 제공되었다는 것이다. 여름이면 사우나, 겨울이면 얼음장이 되는 집을 피해 도서관에서 문 닫는 시간까지 견디다 집으로 돌아왔다. 도서관이 나의 서재라고 생각하면 춥고 더운 날도 그럭저럭 견딜 만했다. 물론 이런 낭만적인 회상 역시 모두 지난 일이니 할 수 있는 것이다.

국토교통부의 '2024 주거실태조사'에 따르면, 만

19세에서 34세까지 청년 가구가 임차로 거주하는 비율은 82.6퍼센트에 달한다. 최저주거기준 미달 청년 가구 비율은 8.2퍼센트이고, 1인당 주거 면적은 31.1제곱미터로 10평(33.06제곱미터)이 채 안 된다. '주택'이 아닌 곳(고시원, 판잣집, 비닐하우스, 컨테이너, 움막 등)에 거주하는 비율도 17.9퍼센트에 이른다. 2022년 기준 서울시에 거주하는 만 19~39세 청년들은 소득의 약 35.4퍼센트를 주거비로 지출한다. 요약하자면, 청년은 남의 집에 잠시 머물다 떠나고, 그 집의 대부분은 무척 작으며, 그 작은 집을 빌리는 데 수입의 많은 부분이 들어간다.

이런 통계는 끝도 없이 나열할 수 있다. 대단히 비극적일 것도 없는 평범한 청년의 삶이다. 물론 영원히 그 상태에 머무는 것은 아니다. 청년의 삶도 조금씩 나아진다. 돈을 모으고 대출도 받아 책을 위한 자리를 조금씩 늘려 가겠다는 다짐은 열심히 살 동기가 되어 주기도 한다. 언젠가 진짜 내 집이 생길 때를 기약하며 세탁기도 냉장고도 늘 셋방에 구비된 것을 사용했지만, 그런 와중에도 책만큼은 항상 나와 함께 이사 다니는 진짜 '내 살림'이었다. 옥탑에서 조금 넓은 반지하로, 1.5룸 오피스텔로, 2룸 빌라로 옮겨 가는 동안 책도 조금씩 몸

집을 늘려 갔다. 조금 더 큰 책장을 살 수 있게 되면, 서재를 따로 마련할 수 있게 되면, 그런 희망으로 늘어나는 책은 '나아지는 삶'의 증거가 됐다.

그러나 삶이 언제나 나아지기만 한 건 아니었다. 그럴 때면 책은 미래를 위한 기약이 아닌 분수에 맞지 않는 사치품처럼 느껴졌다. 책은 희망의 증거가 아니라 볼모였다.

책을 희망의 볼모로 삼지 않기 위해

2년간 살았던 은평구 연신내의 1.5룸 오피스텔 계약이 만료되고 후암동 전셋집으로 이사 가던 날이었다. 드디어 일하는 공간과 잠자는 공간, 밥 먹는 공간을 분리해 살 수 있다는 기대감에 며칠 밤을 설치며 짐을 쌌다. 무엇보다 지금껏 거실 겸 부엌 공간 한쪽에서 자리를 차지한 채 눈칫밥 먹던 책들에 드디어 전용 공간을 내어 줄 수 있게 됐다는 생각에 뿌듯했는데, 그랬는데, 못 간다니?

이사 당일 짐을 체크하러 온 이삿짐센터 담당자는 막상 집을 둘러보더니 황당하다는 표정으로 말했다. "책이 너무 많아서 이사 못 하겠는데요?" 당황한 내가 며칠 전 예약할 때 분명 책이 많다고 말했다고 설명하자 담당자는 어이없다는 듯 대꾸했다. "그래도 이렇게까지 많을 줄은 몰랐죠."

800권 남짓한 책과 함께 서울 땅에 버려진 것 같은 기분이 들었다. 겨우 정신을 차리고 당일 이사가 되는 곳을 찾아 황급히 전화를 돌리기 시작했고, 다행히 한 이삿짐센터와 연결이 됐다. 마지막 박스까지 새집에 옮겨 놓은 뒤 구세주 분들에게 일당을 건네며 나는 기어들어 가는 목소리로 다시 한 번 죄송하고 감사하다고 말했다. "확실히 허리는 좀 아프다"며 씨익 웃던 사장님이 덧붙였다. "죄송할 것 하나도 없어요. 젊은 분이 공부 많이 해서 훌륭한 일을 하시려나 봐요."

나는 공부를 많이 한 사람도, 훌륭한 일을 하려는 사람도 아니었지만 그 말에 하루의 긴장이 모두 녹아내렸다. 새집은 큰방 하나에 작은방 하나 그리고 아담한 거실이 딸린 집이었다. 나는 작은방을 책에 내줬다.

하지만 겨우 마련한 공간이 책의 무자비한 포식성에 무너지는 데는 2년이 채 걸리지 않았다. 후암동 집에 살 때 나는 신문사 문화부에서 책 리뷰 기사를 쓰는 일을 했는데, 책을 읽는 일이 직업이 되자 어느 순간부터 책이 늘어 가는 속도가 삶이 나아지는 속도를 따라잡기 시작했다. 책이 책장을 넘어 바닥까지 흘러내린 지 오래였다. 곡예를 부리듯 20권 혹은 30권씩 아슬아슬하게 쌓여 있는 책 더미는 더 이상 '정갈한 도서관'이 아닌 그저 '책의 무덤'처럼 보일 뿐이었다. 서재를 드나들 때는 늘 책 암초를 건드리지 않기 위해 조심해야 했고, 그럼에도 매번 책 모서리에 발가락을 찧었다. 마찬가지로 함께 사는 고양이에게도 괜히 책을 건드려 난장판을 만들지 말라고 주의를 줘야 했다. 기관지 건강을 위협하는 책 먼지는 덤이었다. 책의 권수가 천 권을 넘어가자 내가 어떤 책을 갖고 있는지도 기억하지 못했는데, 그중 대부분은 다시 보지 않을 책이었다.

어느 날 책 암초에 또 발가락을 찧고는 책을 노려보다 깨달았다. 더 이상 책을 볼모 삼을 필요가 없다는 걸. 책은 내게로 와서 잠시 함께 즐거운 시간을 보냈고, 그걸로 충분했다. 많이 읽는 사람임을 증명하기 위해 책을 꼭 소유할 필요는 없다는 사실을 받아들이고 나자 책을 보내 줄 결심이 섰다.

현재 기억할 수 있는 것을 즐기기 위해

책을 보내 주기 전, 도서관에 들러 알베르토 망겔의 『서재를 떠나보내며』를 빌렸다. '책의 세헤라자데' '우리 시대의 몽테뉴'라 불리는 작가이자 세계적인 독서가인 망겔이 서재를 정리하며 쓴 책이다. 2015년 67세의 망겔은 프랑스의 넓은 시골집을 떠나 맨해튼의 침실 한 칸짜리 아파트로 이사해야 하는 상황에 처한다. 문제는 그가 수만 권의 책을 소유한 장서가라는 사실이었다. 3만 5천 권을 가져갈 책, 창고에 보관할 책, 버릴 책으로 나눠야만 했다.

책에 담긴 이야기만큼이나 물리적인 책의 형체, 크기, 질감을 사랑했던 망겔은 책을 상자에 담아 창고에 처박아 두는 게 마치 "이름 없는 공동묘지에 책들을 집어넣어 그들의 주소를 서가라는 2차원에서 상자라는 3차원으로 바꿔 주는 생매장" 같다고 느낀다. 그도 그럴 것이, 그의 서재에는 13세기 독일 수도권의 필사실에서 제작한 성경을 비롯해 온갖 진귀한 초판본과 서명본이 즐비했기 때문이다. 물론 그런 망겔도 개인적인 추억이 서린 책을 가장 귀중하게 여겼다.

망겔의 서재만큼은 아니지만 내게도 소중한 목록이 있었다. 대학교 앞 알라딘 중고서점에서 하나둘 사 모은 고전부터 매년 발행되자마자 구입한 각종 문학상 수상작품집, 언젠간 꼭 읽으리라 다짐했지만 결국 읽지 못했고 아마 앞으로도 읽지 못할 책까지. 10년에 걸쳐 함께 서울 이곳저곳을 옮겨 다녔던 책들을 두 달에 걸쳐 분류하고 정리했다. 팔고 기부하고 친구들에게 주기를 십수 번쯤 반복하고 나자 900권 정도의 책이 떠나가고 200권의 책이 남았다. 넉넉해진 책장에 남은 200권을 보며 나는 망겔의 할머니가 했다는 말을 떠올렸다. "물건을 잃어버리는 건 그리 나쁜 일이 아니야. 현재 가지고 있는 것을 즐기는 게 아니라, 현재 기억할 수 있는 것을 즐기게 되니까. 우리는 상실에 익숙해져야 해."

상실에 익숙해지기 위해 나는 '큰 이별'을 가끔 하는 대신 '작은 이별'을 자주 하기로 했다. 내가 강구한 방법은 '임보' 즉 '임시보호'다. 일단 책을 산다. 단, 새 책은 절대 서재에 들이지 않는다. 이 책의 임시 거처는 거실 탁자나 침대 옆 협탁이다. 책의 자리가 아닌 곳에 두면 자꾸 눈에 띄고 신경에 거슬려서 빨리 읽어야 할 것 같은 조바심이 생기기 때문이다. 다 읽은 새 책의 행선지는 둘 중 하나다. 아주 드물게 서재에 한 자리를 차지하거나, 아니면 현관 앞 택배 박스로 향한다. 7~8권 남짓의 책이 들어가는 택배 박스가 가득 차면 중고서점에 '판매 신청'을 한다. 출근할 때 현관 앞에 내놓은 박스는 이미 수거돼 퇴근하면 사라지고 없다. 그렇게 한

때 내게 머물렀던 책이 나를 떠나 다시 세상으로 나가는 것을 기분 좋게 받아들인다.

책을 사고 소유하는 행위에서 순전한 기쁨을 느끼던 시절이 있었다. 중고서점에서 운 좋게 발견한 비싸고 귀한 책을 사 들고 돌아와 책장에 꽂고 바라보는 것만으로도 배가 부르던. 하지만 이제는 책이 내게 고이지 않고 다시 세상으로 흘러가는 데서 새로운 기쁨을 느낀다. 흘러가서, 오래전 내가 그랬듯 또 누군가의 책장에 꽂혀 그의 기쁨이 되어 주기를 바라며 책에 작별 인사를 건넨다. 고마워요. 덕분에 즐거웠어요. 그럼, 안녕!

〔 6 〕
무엇으로 읽을까(종이책/전자책)

종이 매체 종사자로서의 의리

"종이책으로 읽으세요, 아니면 전자책으로 읽으세요?"라는 질문에 "저는 그래도 종이책을 선호해요"라고 답하는 건 종이 매체 종사자로서 내가 지키는 일종의 의리였다. 오래전 신문사에 입사해서 신문 인쇄소와 배급소에 방문한 적이 있다. 갓 지은 신문은 말 그대로 뜨끈뜨끈했다. 종이 위 잉크가 채 마르지 않아 손에 검은 자국이 묻어 나는 것을 보며, 정보와 생각을 종이에 인쇄해 사람들과 나눠 읽는다는 이 업의 낭만적 속성에 완전히 사로잡혔다.

당연히 의리 때문만은 아니었다. 많은 종이책 애호가가 주지하듯이 나 역시 두 손으로 책의 양 끝을 잡고 한 장 한 장 종이를 넘기며 읽는 그 고전적 행위를 좋아했다. 오래 곱씹고 싶은 문장에 연필로 밑줄을 긋고, 통으로 기억하고 싶은 페이지는 귀퉁이를 접어 두었다. 집안 곳곳에 널브러진 책이 얼른 자신을 읽으라며 발산하는 존재감을 의식하는 것도 좋았다. 책의 꼴을 하고 있어야 비로소 책임을 실감할 수 있다고 생각했다. 종이책으로 읽을 수 있는데, 굳이 종이책으로 읽지 않을 이유가 없었다.

물론 이는 내가 종이책 접근성이 무척 뛰어난 환경에 있기 때문에 가능한 일이기도 했다. 나는 아침 출근길에 온라인 서점에서 책을 주문하면 당일 저녁 퇴근한 뒤 받아볼 수 있는 서울 한복판에 살았다. 그마저도 기다리기 싫으면 점심시간에 짬을 내 산책 겸 광화문 교보문고까지 걸어 다녀올 수도 있었다. 그도 아니라면, 집에서 도보 5분 거리에 나란히 위치한 남산도서관과 용산도서관에 가면 되었다. 나는 언제까지고 내가 종이책 애호가로 남을 거라고 생각했다.

인쇄소에서 손에 묻은 잉크 자국을 문지르던 날로부터 10년이 지났다. 지금 이 글을 쓰고 있는 컴퓨터 모

니터 화면 한 귀퉁이에는 원고를 쓰는 데 필요한 참고
도서가 띄워져 있다. 나는 여전히 한 달에 열 권 남짓의
책을 읽지만, 이제 그중 절반만 종이책으로 읽는다. 그
렇다면 나머지는?

이제 더 이상 불을 켠 채로 잠들지 않아도 된다

전자책이 할 수 있는 건 종이책도 다 할 수 있다고 늘 태
연한 표정을 지어 왔지만, 사실 종이책이 못하는 한 가
지가 있었다. 바로 불 대신 꺼 주기다.

자기 전 침대에 누워 종이책을 읽다가 그대로 잠드
는 일이 종종 있었다. 그러면 꼭 새벽에 잠이 깨 침대 옆
조명을 꺼야 했다. 문제는 불빛만이 아니었다. 똑바로
누워 팔을 치켜든 채 읽다 보면 팔이 저려 오고, 침대 헤
드에 비스듬히 기대 읽다 보면 허리가 지끈거렸다. 옆
으로 누워 읽다 보면 책을 지탱하는 손목이 아렸다. 어
떻게 해도 책 읽는 자세는 아무것도 하지 않을 때만큼
'편안'할 수 없었다. 꼭 어디에 결박된 느낌이었다. 책
읽는 행위와 신체는 불화할 수밖에 없는가, 본질적인
의문이 들었다.

그러던 어느 날 친구가 자신은 전자책 단말기를 휴

대폰 거치대에 끼워 놓고 침대에 누운 뒤 '블루투스 리모컨'으로 책장을 넘긴다는 얘기를 했다. 이불 속에서 손을 빼지 않고도 책장을 넘길 수 있다니, 충격이었다. 곧바로 휴대폰용 블루투스 리모컨을 검색하던 나는 놀라운 정보를 담은 블로그를 발견했다. "유선 이어폰 음량 버튼을 이용해 전자책 페이지를 넘길 수 있다는 걸 아시나요."

이후 나의 잠들기 전 독서 양상은 완전히 달라졌다. 이제 나는 반듯이 누워 침대 옆 협탁 거치대에 끼워 둔 휴대폰으로 책을 읽는다. 양팔은 이불 위에 가지런히 올려져 있고 손에는 휴대폰과 연결된 유선 이어폰이 들려 있다. 책장을 넘기기 위해 팔을 들 필요조차 없다. 그저 달칵 하고 음량 버튼만 누르면 된다. 그러다 잠이 들면 휴대폰이 알아서 잠금 모드로 전환되며 화면이 꺼진다. 비로소 누워서 읽는 행위의 난감함으로부터 신체가 해방된 것이다!

작은 해방을 경험했을 뿐인데, 그제야 비로소 종이책이 얼마나 많은 이들에게 장벽이었을지 실감됐다. 근육장애인이나 시각장애인에게는 전자책의 자동스크롤이나 텍스트 음성변환 기능이 독서의 새로운 가능성을 열어 주었을 것이다. 세상의 다른 많은 기능이 그렇듯,

비장애인의 편리는 장애인의 불편을 발판 삼아 이뤄졌다. 나의 읽기 역시 마찬가지였다.

요즈음 나는 태블릿PC, 노트북, 휴대폰으로 전자책을 읽는다. 월정액으로 도서를 무제한 대여할 수 있는 전자책 서비스가 다양한 기기에서 호환되기 때문에 가능한 일이다. 책장 한 장조차 넘길 힘도 없을 때는 누워서 자동스크롤로 느리게 흘러가는 휴대폰 화면을 멍하니 들여다본다. 달리거나 걸을 때는 오디오북을 듣는다.

물론 모든 책이 전자책 서비스가 되는 것은 아니어서 당장 읽고 싶은 최신간이나 오래된 책은 서점에서 사거나 도서관에서 빌린다. 이렇게 여러 디바이스를 오가며 한 달에 열 권이라는 목표 권수를 채운다. 확실히 전자책을 이용하면서부터 독서 생활이 신체적 측면에서나 시간 운용 측면에서나 훨씬 자유로워졌다고 느낀다. 종이책과 전자책의 출간 텀도 점점 줄어들어 종이책이 서점 신간 매대에 깔리는 것과 거의 동시에 전자책이 출간되는 경우도 많다. 그렇다면 언젠가 전자책은 종이책을 완전히 대체하게 될까?

전자책은 종이책의 대안일까?

하버드대 도서관장을 역임한 로버트 단턴은 『책의 미래』에서 디지털 환경 속 책의 위상에 대해 성찰한다. 그가 책의 전자화를 고민하게 된 계기는 2007년 '구글 북스'(현 구글 도서 검색) 프로젝트였다. 그해 구글은 하버드를 포함한 4개 대학 도서관의 장서를 디지털화해 천만 권의 책을 어디서든 검색하고 열람할 수 있도록 하겠다는 계획을 세웠다. 당시 하버드대 도서관장으로 부임한 단턴은 구글의 이 같은 '책 없는 도서관'이 종이책의 여러 한계를 극복하게 해 주리라 기대했다.

단턴이 말하는 종이책의 한계란 물리적 공간의 제약이다. 아무리 큰 도서관이라도 1년에 수만 권씩 쏟아지는 책을 전부 감당하기엔 너무 좁다. 오래되거나 상대적으로 덜 중요하다고 여겨지는 책은 자리를 비켜 줘야 한다. 과거 미국의 사서들은 실제로 어떻게든 책의 '규모'를 줄여 보고자 고민한 끝에 마이크로필름이나 종이 접기 방식의 보관을 시도했지만, 오히려 종이책보다 보존율이 현저히 떨어지는 역설적인 결과를 초래했다. 이로 인해 1968년부터 1984년까지 수백만 부의 신문과 책이 사라지며 귀중한 지적 자산을 잃게 됐다.

한국도 예외는 아니다. 국내 대학들도 '소장 장서의 7퍼센트 이내'의 책을 폐기할 수 있다는 도서관법 시행령에 따라 매년 수만 권에 달하는 책을 폐기해 왔다. 2024년에는 울산대 중앙도서관에서 전체 장서 92만 권 중 절반에 달하는 45만 권의 폐기를 예고해 충격을 주었다. 학생 공간 확보가 이유였지만, 폐기가 예정된 책에는 문화재급인 1천 500권의 책도 포함돼 있었다. 교수들의 항의 끝에 폐기 규모가 276,534권으로 줄어 38퍼센트가 가까스로 구출됐다.

단턴이 전자책과 구글의 서비스를 무조건 지지한 것은 아니다. 단턴 역시 구글의 전자도서관 프로젝트가 인류의 공공 이익보다는 막대한 콘텐츠를 확보하려는 기업적 이해에 기반한다는 점을 우려한다. 무엇보다 원본 없는 디지털 문서가 종이책보다 오래 살아남을 수 있다고 장담하기도 어렵다. 불태우는 과정조차 필요치 않은, '영구삭제' 버튼만 누르면 세상에서 사라지는 디지털정보가 과연 인류의 '지식'으로 축적될 수 있을까?

그럼에도 전자책이 종이책을 대체하는 속도는 점차 빨라지고 있다. 단턴이 "전자책은 구텐베르크의 위대한 발명을 대체하는 것이 아닌 보완하는 역할을 할 것이다"라고 예견한 『책의 미래』가 출간된 지 15년이 흘렀다. 단턴이 예측하거나 우려했던 일이 이미 현실이 되었다. 2013년 기준 국내 전자책의 독서율은 11.2퍼센트, 시장 점유율은 2.8퍼센트에 불과했지만 2023년 성인의 전자책 독서율은 19.4퍼센트, 20대 이하는 66.7퍼센트에 달한다.

2011년 출간된 『책의 미래』는 전자책으로 출간되지 않았고 종이책은 절판됐다. 나는 이 책을 남산도서관의 오래된 서고에서 겨우 찾아 읽었다. 남산도서관보다 서고가 작은 용산도서관에는 비치돼 있지 않았다. 결국 우리는 시간과 공간의 무자비를 버텨 낸 종이책만 읽을 수 있을 뿐인지도 모른다.

언젠가 종이책이 사라지더라도

얼마 전 회사 후배와 이야기를 나누다, 후배가 종이신문을 거의 읽지 않는 세대라는 사실을 새삼 깨달았다. 20대 중반인 후배는 포털사이트 네이버가 15개 신문사 및 통신사의 뉴스를 통합 제공하기 시작한 2000년 무렵 태어났다. '네이버 뉴스'가 사실상 신문 가판대의 역할을 대신하게 된 바로 그 시기다. 후배가 활자를 깨치고 스스로 읽을거리를 찾아 나간 성장 과정 어디에도 신문이 끼어들 자리는 없었다.

　물론 나 역시 오직 신문으로만 뉴스를 접하던 세대는 아니다. 하지만 매일 아침 집 앞에 배달된 신문을 들여놓는 것으로 하루를 시작한 기억이 또렷하다. 식탁에 앉아 아침밥을 먹으며 곁눈질로 그날의 헤드라인을 훑고 등교했다. "한국 월드컵 4강 진출" "노무현 대통령 탄핵 기각" 같은 신문 1면의 제목이 기억에 남아 있다. 하지만 이제 그런 풍경은 '응답하라 2002' 같은 드라마에서나 재현될 법한 장면이 됐다. 이제는 종이신문을 거의 경험해 보지 못한 세대가 종이신문을 만드는 아이러니도 별로 이상하지 않다. 문득 궁금해졌다. 언젠가는 종이책을 거의 읽어 보지 못한 편집자도 등장할까? 그들이 만드는 책은 내가 경험한 책과 어떻게 같거나 다를까?

　디지털기기에서의 읽기는 속도와 효율성만 부각하기 때문에 독서의 깊이가 얕아질 수 있으며, 특히 어린이나 청소년은 이 같은 피상적 읽기의 반복이 정교한 뇌 회로의 발달을 저해할 수 있다는 우려도 있다. 종이책 독서가 디지털 독서보다 독해력을 6~8배 더 효과적으로 높인다는 연구도 있다. 하지만 종이책보다 훨씬 더 일찍 산업의 몰락을 맞닥뜨린 종이신문 종사자로서 나는 업을 둘러싼 환경은 변할지라도 근본적으로 우리가 꿈꾼 것, 만들고자 했던 가치는 어떻게든 살아남아 읽는 사람과 쓰고 만드는 사람을 연결시키리라 생각한다. 다만 우리가 애써야 할 일은 그 연결이 계속 이어지도록 좋은 읽을거리를 만들어 내는 것일 테다. 매체가 무엇이든 읽는 인류는 사라지지 않을 거라는 믿음으로.

매일 밤 자기 전 침대에 누워 전자책을 읽는다. 그러다 어느 주말이면 새 옷을 차려입고 버스에 올라 광화문 교보문고에 간다. 금싸라기 땅 한복판에 위치한 거대한 책의 놀이터에서 인류가 쌓은 지식과 재미의 보고 사이를 하릴없이 쏘다닌다. 쌓여 있는 책 중에 한 권을 집어들고 괜히 책장을 넘기다가, 예정에 없던 책을 한 권 사서 돌아온다. 가방에 든 책의 묵직한 존재감을 느끼며, 오늘의 이 수고로움 역시 내 독서의 일부임을 실감한다. 결국 이 모든 것이 나의 읽기임을.

｛ 7 ｝
독후감 쓰기는 읽기에 도움이 될까

목차만 읽고도 독후감을 쓸 수 있다?

스스로 책을 읽을 수 있게 된 이후로는 인생 대부분을
책상 앞에 앉아 무언가를 읽거나 쓰며 보냈지만, 스무
살 때만큼은 그렇게 할 수가 없었다. 새로운 사람들, 새
로운 경험, 새로운 도전. 성인이 됨과 동시에 책 바깥의
흥미로운 세계가 한꺼번에 쏟아져 들어왔다. 이전까진
책을 통해 간접적으로만 경험할 수 있었던 세계를 온몸
으로 직접 통과하다 보니 공부는 자연스레 뒷전이 됐다.
밤을 새고 퀭한 얼굴로 1교시 수업에 들어가 꾸벅꾸벅
졸다가 침 자국이 흥건한 필기 노트만 챙겨 나오는 일이

빈번했다. 문제는 과제였다. 그중에서도 교수님이 지정해 준 책을 읽고 짧은 감상문을 써야 하는 '창의적 글쓰기' 수업의 과제는 책을 읽어야만 할 수 있다는 점에서 번거롭기가 이루 말할 수 없었다.

그 주의 과제 도서는 유시민의 『청춘의 독서』였다. 저자 자신이 젊은 시절 읽었던 책을 나이 들어 다시 읽으며 오늘날의 청년에게 들려주고 싶은 생각을 정리한 교양서였다. 14권의 위대한 책을 통해 '어떻게 살아야 할 것인가'라는 질문에 대한 답을 찾아 나가는, 여러모로 이제 막 성인이 된 대학생에게 맞춤인 책이었다. 하지만 당시 나는 책에서 발견할 수 있는 정답보다 직접 몸으로 깨우치는 해답이 더 시급했다. 그렇게 책은 펼쳐 보지도 못한 채 과제 마감일이 다가왔다. 일단 서점에서 책을 사기는 했는데, 시계를 보니 제출 기한까지 다 읽고 독후감을 쓰기에는 무리라는 판단이 섰다. 그렇게 책상 앞에 앉아 한참 동안 책에 둘러진 빨간 띠지의 저자 얼굴만 노려보던 나는 결심을 하고 책의 첫 장을 펼쳤다. 그리고 목차를 읽어 내려가기 시작했다.

두 페이지에 걸쳐 쓰인 목차를 읽는 데는 1분도 채 걸리지 않았다. 하지만 어쩌면 목차만 읽고도 감상문을 쓸 수 있을지 모르겠다는 생각이 들었고, 내친김에 서문을, 그리고 본문을 건너뛰고 후기를 읽었다. 그런 뒤 과감히 책을 덮었다. 목차와 서문, 후기를 읽는 데 걸린 시간은 10분 남짓. 이거면 충분했다. 나는 노트북을 펼쳐 첫 문장을 적어 나갔다.

다음 날, 강의실에 들어온 교수님은 과제를 하느라 고생했다며 학생들을 너그럽게 바라보았다. 괜히 양심에 찔린 나는 교수님의 눈길을 피한 채 먼 산을 쳐다보고 있었는데, 갑자기 교수님이 특히 한소범 학생이 제출한 글이 흥미로웠다며 내가 쓴 감상문을 읽기 시작했다. 목차와 서문만 읽고 쓴 감상문을 낭독하는 교수님을 안절부절못하며 바라보던 그 순간, 마음속에 두 가지 생각이 솟아났다. 하나, 교수님이 책 내용을 물어보면 어쩌지? 둘, 어쩌면 내가 서평 쓰기에 재주가 있는지도?

독후감 쓰기의 지겨움과 유익함

실은 우리 모두 한때 독후감 쓰기의 달인이었다. 초등학교 방학 숙제에서 빠지지 않는 것이 권장 도서를 읽고 독후감 쓰기였다. 두 달간의 방학 내내 미루다가 개학이 코앞에 닥쳐서야 책을 몰아 읽고 날림으로 독서기록장을 채웠던 기억이 다들 있을 것이다. 물리적으로 벼락치기가 불가능한 시점에 다다라 부모님의 손을 빌리는 친구도 있었다. 삐뚤빼뚤한 글씨체는 흉내 내도 어린이의 사고방식만은 흉내 낼 수 없어서 결국 부모님이 대신 써준 사실이 들통나는 경우도 흔했다.

하지만 그 지겨운 숙제를 꾸역꾸역 하면서도 이런 독서 감상문 쓰기가 읽기에 실제로 도움이 된다고는 믿지 못했던 것 같다. 그럴 수밖에. 열 권의 책을 이틀 만에 읽고 독후감을 썼으니 내용을 제대로 소화했을 리 없다. 하필이면 단골 숙제였던 탓에, 책을 읽고 감상을 글로 남기는 일은 어른이 되고 나서도 어쩐지 기피하게 되곤 했다. 이런 독후감 쓰기에 대한 부정적 기억이 책 읽기 자체에 대한 지겨움으로 이어지는 경우도 허다했다. 독후감 쓰기가 강제된 순간부터 독서 자체가 즐거움이 아닌 '숙제'와 '노동'이 됐기 때문이다. "참 유익했다" 혹은 "나도 본받아야겠다"로 끝맺기 마련인 독후감은 해당 도서에 대한 상투적인 감상으로 이어졌고, 오히려 제대로 된 독서보다 독후감에 쓸 만한 좋은 문장과 줄거리만 찾아 읽게 만들었다.

실제로 문화체육관광부가 실시한 '2023 국민 독서 실태 조사'에 따르면, 독서 활동 참여율은 성인이

4.7퍼센트, 학생이 52.3퍼센트로 학생이 월등히 높았지만, 정작 독서 활동이 도움이 됐는지 묻는 질문에 성인은 92.9퍼센트가 도움이 됐다고 답한 반면 학생은 64.5퍼센트만 긍정적인 답변을 했다. 미국 언어학자 스티븐 크라센은 이를 '자발적 리딩'Free Voluntary Reading, FVR이라는 개념으로 설명한다. 크라센은 『읽기 혁명』에서 독후감이나 퀴즈, 단어 사전 찾기 같은 외부적 압박이 없는 '자발적 읽기'가 언어를 습득하는 가장 중요한 길이라고 강조한다. 책은 이런 문장으로 시작된다. "Free Voluntary Reading(이하 FVR)이란 스스로 읽고 싶어서 읽는 자발적 읽기로, 책을 읽고 난 후에 독후감을 쓰지 않아도 되고 각 챕터 끝에 질문지도 없다."

그럼에도, 쓰기는 읽기를 완성하는 과정이다

그럼에도 불구하고 쓰기는 최종적으로 읽기의 가장 멀리 나아간 버전일 수밖에 없다. 다른 모든 학습이 그렇듯, 눈으로만 읽는 것보다 손을 움직여 내용을 요약하고 느낀 점을 정리하는 것이 뇌의 기억회로를 더 활발하게 작동시키기 때문이다. 글을 쓰기 위해서는 책의 전체적인 흐름을 파악해야 하니 텍스트의 구조를 이해하는 능력도 자연스레 길러진다. 저자의 생각을 반박하거나 나의 경험을 투영하는 과정에서 책의 주제를 더 내밀하게 소화할 수도 있다.

하지만 떠올려 보면, 그 많은 독후감 숙제를 하면서도 정작 독후감을 어떻게 써야 하는지는 제대로 배운 적이 없었다. 하나의 텍스트를 다른 텍스트와 연결해 책의 지도를 그려 보고, 책 속의 이야기를 사적인 경험과 비교해 보고, 나아가 사회적 맥락에서 그 의미를 확장해 보는 것. 제대로만 쓴다면 독후감은 본래 텍스트의 영향권을 넘어 스스로의 논리와 구조로 서는 독자적인 글이 될 수 있다.

그렇다면 '좋은 독후감'은 어떻게 쓸 수 있을까? 학생의 읽기 능력 향상에 효과적이라고 입증된 교수 전략을 제안하는 「읽기를 위한 글쓰기: 글쓰기가 읽기 능력을 향상시킨다는 증거」Writing to Read: Evidence for How Writing Can Improve Reading라는 보고서를 참조하자면, 다음과 같은 방식으로 책을 읽고 쓰는 독후감이 독해력을 획기적으로 향상시킨다.

1. 텍스트에 반응하기Respond to a Text: 자신의 경험과
   연결하거나 개인적인 의견 쓰기

2. 분석 및 해석Analysis and Interpretation: 텍스트의 의미를 심층 분석하기

3. 요약하기Write Summaries of a Text: 머릿속으로 요약한 내용을 글로 옮기기

4. 노트 정리Write Notes About a Text: 읽으면서 중요한 정보를 기록하기

5. 질문을 만들고 답하기Answer Questions About a Text in Writing, or Create and Answer Written Questions About a Text: 텍스트에 대해 스스로 질문을 던지고 글로 답하기

줄거리 요약에서 느낀 점으로 이어지는 숙제 검사를 위한 정형화된 틀에서 벗어나 오로지 책을 더 깊이 읽기 위한 목적으로 그리고 자발적으로 쓸 때 독후감은 읽기의 중요한 페이스메이커가 될 수 있다. 늘 그렇듯, 핵심은 결국 '어떻게 쓰느냐'다.

너는 자라 서평 쓰는 사람이 될 거야

목차만 읽고 감상문 과제를 제출한 때로부터 9년 뒤, 나는 신문사 문화부에서 매주 서평을 쓰고 있었다. 여름휴가와 겨울휴가 2주를 제외하고는 단 한 주도 거르지 않

고 약 4년간 매주 서평을 썼고, 부서가 바뀌어 더 이상 서평 기사를 쓰지 않게 된 뒤에도 온라인 서점 웹진이나 출판사 문예지 등 이런저런 지면에 서평을 썼다. 물론 고료를 받는 전문 서평가(?)가 된 이상 과거 같은 꼼수는 더 이상 부릴 수 없었다. 첫 페이지부터 마지막 페이지까지 다 읽고 난 뒤에야 글의 첫 문장을 뗄 수 있었다. 서평은 이제 내가 일기 다음으로 가장 많이 쓴 글이자 공적인 지면에 가장 자주 쓰는 글이 됐다.

서평을 쓰기 위한 독서는 이를테면 오래 음미하는 읽기다. 평소 읽기가 당장의 허기를 채우기 위해 허겁지겁 씹어 넘기는 식사라면, 서평을 쓰기 위한 읽기는 내 안에서 충분히 소화되도록 아주 공들여 맛보는 정찬에 가깝다. 먼저 작가의 약력을 살펴본다. 인상 깊은 대목에 밑줄을 긋고, 의문이 드는 페이지에는 물음표를 남긴다. 책을 읽으며 그때그때 드는 생각은 따로 메모한다. 인용하고 싶은 문장을 옮겨 적고 책의 주제 의식을 곱씹는다.

모든 읽기가 마음의 양식일지라도 그중에 특히 어떤 식사는 잊을 수 없는 법이다. 그렇게 읽은 책은 다른 어떤 책보다 더 속속들이 내 안에 차곡차곡 쌓인다. 그리고 언젠가 나만이 쓸 수 있는 글의 일부가 된다. 우리가 먹은 것이 곧 우리의 피가 되고 살이 되듯.

　『청춘의 독서』는 그 이후로도 오랫동안 사랑받았고, 2025년 개정증보판으로 재출간되었다. 15년이 지나 그 책을 다시 읽었다. 더 이상 스무 살은 아니지만, 어쩌면 지금이야말로 이 책의 제대로 된 서평을 쓸 수 있을 것 같다.

{ 8 }

혼자 읽기 vs. 함께 읽기

독서의 기본 단위는 '혼자'일까 '우리'일까

최초의 읽기는 당연히 '함께 읽기'였다. 엄밀히 말하자면 함께 읽는다기보다 읽기를 '당하는' 것에 가깝지만. 아직 '글자'라는 것이 어떤 '의미'를 전달하는지 알지 못해 그저 읽어 주는 페이지의 알록달록한 그림만 바라본 게 전부라 할지라도, 나란히 눕거나 앉아서 같은 페이지를 들여다보고 함께 책장을 넘기던 밤이 우리 안에 차곡차곡 쌓여 있을 것이다. 같은 책을 읽고 같은 기억을 공유하는 것. 그게 우리가 경험한 최초의 '읽기'라는 행위다.

물론 그 시절은 아주 짧게 끝난다. 일반적으로 만 5세가 지나면 아이들은 제 모국어를 익힌다. 이때부터 놀라운 독립이 시작된다. 누군가 대신 읽어 주지 않아도 의미를 해독하며 이야기를 따라갈 수 있다. 스스로 책을 읽을 수 있게 된 순간부터 진정한 의미에서 자기만의 세계가 펼쳐진다.

타고나길 도파민보다는 세로토닌의 지대한 영향을 받는 내향형 아이였던 나는 인형놀이 친구나 술래잡기의 술래를 구하지 않고도 혼자서 북 치고 장구 치고 다 할 수 있는 '읽기'라는 놀라운 유희의 세계를 접한 이후 줄곧 '혼자 읽기'의 즐거움을 누려 왔다. 나만의 기준으로 고르고, 내 속도와 방식으로 읽고, 다 읽은 뒤 곱씹는 과정까지 모두 '나'가 주어인 행위. 지극히 고독한 동시에 충만한 읽기라는 행위는 지금 이 순간까지 이어지며 나라는 인간을 구성하는 가장 기본적인 형태소가 되었다. 그러니 읽기의 기본 단위는 당연히 '혼자'라고 생각했다. 그 친구들을 만나기 전까지는.

2011년, 국문학과 대학생 8명이 한기형 교수 연구실에 몸을 구긴 채 끼어 앉았다. 함께 들은 '현대소설의 이해' 수업이 종강한 직후였다. 한 학기 동안 문학으로 당근과 채찍을 번갈아 주었던 교수님은 아무 일도 없었다는 듯 태연한 표정으로 학생들 앞에 차를 한 잔씩 내주었다. 이 차가 어디에서 왔고, 이 잔이 얼마나 귀한 것인지 한참을 설명하시던 교수님은 이윽고 본론을 꺼냈다. "앞으로 읽어야 할 책이 많을 텐데, 혼자서는 다 못 읽는다. 마침 이렇게 모였으니 모임을 꾸려 함께 읽어라." 마침 모인 게 아니라 교수님이 불러 모은 것이긴 했지만, 연구실을 나선 8명의 친구는 어쩐지 누구도 재빨리 자리를 뜨지 못하고 우물쭈물 문 앞에서 서성거렸다. 그런 와중에 가장 결단이 빠른 친구가 "그럼 이름부터 정할까요?"라고 외쳤고, 누군가 "뜬구름 잡는 모임 어떨까요?"라고 대답했다. 아무도 그 이름에 반대하지 않았다.

그렇게 결성된 '뜬구름 잡는 모임'은 읽기의 단위를 '혼자'에서 '우리'로 확장해 주었다. 때로는 10명이, 때로는 5명이 되기도 했지만 '우리'는 정말 열심히 함께 읽었다. 어느 여름에는 "소설을 읽자!" 외치고 역대 『이상문학상 작품집』을 독파했다. 어느 겨울에는 미셸 푸코의 저작을 함께 읽고 싶다는 친구를 말리지 못해 울며 겨자 먹는 심정으로 꾸역꾸역 『감시와 처벌』 『광기의 역사』를 읽었다. 물론 푸코를 고집한 친구 역시 발제문을 쓰느라 고생깨나 했다. 그럼에도 교수님의 말이 정말 맞았다. 우리는 함께였기에 그 책들을 읽을 수 있었다.

독서모임 합니다

독서율은 점점 감소하는 추세인데 함께 읽는 독서모임이나 북클럽의 수는 꾸준히 늘고 있다. 체감상 독서모임이 폭발적으로 늘어난 것은 독서모임 스타트업 '트레바리'가 창립한 2015년부터인 것 같다. 이전까지는 고정된 멤버가 책을 정해 함께 읽는 형태의 소규모 독서모임이 주를 이뤘다면, 트레바리는 한 권의 책을 중심으로 그때그때 헤쳐 모이는 형태로 독서모임의 패러다임을 바꿔 놓았다. 물론 장소만 제공할 뿐 책을 주거나 독서 코칭을 해 주는 것도 아닌데 적지 않은 회비를 내야 한다는 허들을 둔 것 역시 여러모로 새로웠다. 독서모임이라기보다 시간적 경제적 여유가 있는 싱글 중산층을 타깃으로 한 고급 사교 클럽에 가깝다는 평가도 있지만, 어찌 됐든 '책'을 매개로 사람들을 모으고 심지어 강제로 독후감도 쓰게 한다는 점에서 '함께 읽기'의 새로운 화두를 던진 것만은 분명했다. 실제로 2015년 트레바리의 유료 회원은 약 80명에 불과했지만, 2024년에는 누적 유료 회원이 10만 명에 달했다.

이렇게 비싼 비용을 치르고서라도 함께 모여 읽으려는 이유가 뭘까? 독서모임 경험자들의 후기를 정리하면 대략 세 가지 장점으로 수렴되는 것 같다.

첫째, 읽기의 '문턱'을 넘게 한다. 혼자라면 늘 '아, 저 책 읽어야 하는데'로 끝나고 마는 책도 함께라면 결국 읽게 된다. 그런 점에서 혼자서는 도저히 읽을 엄두가 나지 않는 벽돌책이나 줄거리는 다 아는데 제대로 읽어 본 적은 없는 고전문학이 독서모임의 주요 대상 도서가 된다.

둘째, 읽기의 '깊이'를 더한다. 읽기는 다 읽었는데 채 소화시키지 못한 책도 다른 사람과 대화를 나누다 보면 이해가 되고, 다양한 감상과 의견을 교환하면서 책을 훨씬 더 풍부하게 사유할 수 있게 된다.

셋째, 읽기의 '영역'을 확장한다. 이러한 모임을 가지면서 사람들과 관계를 맺을 수 있다. 술친구 밥친구도 좋지만 책친구만 한 친구도 없다. 특히 책 읽기라는 행위의 근본적인 속성상 고독과 고립을 자처하는 성격일 확률이 높은데, 독서모임은 이런 내향형 인간을 바깥으로 끌어내 사회적 관계를 맺도록 한다. 책 취향이 잘 맞는 사람끼리는 '동족을 발견한 기쁨'에 현실 친구나 애인 등의 관계로 발전하는 경우도 많다(철저히 내 주변을 기반으로 한 통계다).

평소 책에 흥미가 없던 사람도 독서모임을 통해 책에 관심을 갖게 될 수 있다. 실제 한국출판산업진흥원이 공개한 「비독자 대상 독서 유인사업 설계 및 실험 연구」에 따르면 1년간 책을 읽지 않은 '순수 비독자' 집단에 한 달간 4회의 독서모임을 진행하게 하자 독서율이 100퍼센트에 달하고 응답자의 94.9퍼센트가 독서모임 후 독서량과 독서 흥미가 증가했다고 답했다.

'하나의책' 독서모임 기획자이자 운영자인 원하나 대표가 쓴 『독서모임 꾸리는 법』에 따르면 독서모임의 인원은 최소 3명에서 7명 정도가 적당하다. 시간은 2시간 내외가 적절하며, 모임 진행은 1) 책 선정의 변과 간단한 책 소개 2) 한 줄 평 3) 발제 4) 기억에 남는 구절 공유 5) 감상 나눔 6) 모임 한 줄 평 순으로 한다. 주제를 정하고 각자 자유롭게 그에 관한 책을 읽은 뒤 이야기를 나눌 수도 있고, 특별 게스트를 모실 수도 있다. '책 교환의 날'이나 '책방 투어'처럼 때때로 분위기를 환기할 수 있는 소소한 이벤트를 마련하는 것도 지속 가능한 독서모임을 꾸리는 팁이다. 몇 가지 운영 규칙도 필요하다. 지나치게 사적인 분위기로 흘러가지 않도록 대화의 방향을 잡는 것도 중요하고, 모임 출석이 불규칙하거나 책을 읽어 오지 않는 멤버에 대한 제재도 있어야 한다.

대면 만남이 부담스러운 독자를 위한 비대면 독서모임도 코로나19를 거치며 줌의 활성화와 함께 많이 늘었다. 2022년에 생긴 온라인 독서모임 플랫폼 '그믐'은 책을 중심에 둔 일종의 SNS라고 할 수 있는데, 누군가 책 한 권을 정해 게시판을 열면 모임이 시작되고, 책을 읽었거나 읽고 싶은 사람은 누구나 댓글로 의견을 남길 수 있다. 공간적 제약이 없고 사적인 정보를 드러낼 필요가 없다는 장점이 있다. 29일이 지나면 모임은 자동으로 해산한다.

최근에 목격한 흥미로운 독서모임 중 하나는 출판사가 책을 홍보하기 위해 일시적으로 진행한 '소설집 같이 읽기' 모임이었다. 대부분의 독서모임이 정해진 책을 미리 읽어 오는 조건을 다는 것과 달리 이 모임은 정해진 시간에 줌에 접속해 카메라를 켜고 소설집에 실린 단편소설을 한 편씩 읽는 것이 전부였다. 그렇게 몇 주에 걸쳐 소설집 한 권을 함께 읽은 것이다.

같은 시간 같은 장소에서 낯선 사람들과 모여 자신이 고른 책을 함께 읽는 것이 전부인 '침묵 독서 클럽'도 있다. 두 명의 미국인이 만든 '서울 사일런트 북클럽'Seoul Silent Book Club을 비롯해 다양한 침묵 독서 클럽이 활동 중이다. 규칙은 단순하다. 사전 공지된 장소에 자신이 읽고 싶은 책을 가지고 와 정해진 시간 동안 조용히 독서를 즐기면 된다. 그건 그냥 도서관이 아닌가 싶지만, 공원 잔디밭이나 한강변에 옹기종기 모인 사람들이 눈앞의 책에 몰두하는 모습을 보고 있자면 우리는 결국 이런 상태를 늘 갈망하는 게 아닌가 싶은 생각이 든다. 함께이면서 동시에 혼자인 순간. 이런 균형을 구현하는 데 책 읽기만 한 유희는 없다. 책에 대한 생각과 감흥을 나누든, 같은 책을 읽는 체험을 나누든, 아니면 그저 책을 읽는 시간을 나누든, 책 읽기는 혼자서도 충분하지만 때때로 타인과 나누면 더 좋은 일이기도 하다. 고독과 공유 사이 어디쯤에 우리의 '함께 읽기'가 있을 것이다.

내가 꾸리고 싶은 독서모임

몇 번의 여름방학과 겨울방학이 지난 뒤 취업 준비와 교환학생, 복수전공 등 각자의 인생행로가 복잡해지며 '뜬구름'은 자연스럽게 해체 수순을 밟았다. 그 이후로 몇 번인가 다른 독서모임에 참여하고 일회성 게스트로 초청받은 적도 있지만, 그 시절 뜬구름 친구들과 뭔가에 씌기라도 한 것처럼 열정적으로 함께 읽던 그런 독서모임은 만나지 못했다. 아마도 그때만 가능한 결속과 열정이 있지 않았을까 짐작할 뿐이다.

뜬구름 친구들과는 십수 년이 지난 지금도 종종 만나 함께 책 얘기를 한다. 물론 이제 회사 얘기, 연애 얘기, 아이 키우는 얘기, 먹고사는 얘기에 밀려 좀처럼 화두의 중심에 오르진 못하지만. 그래도 대출 갚는 얘기를 하다가 갑자기 "아 맞다, 그 책 읽어 봤어?"라며 딴 길로 새도 아무렇지 않게 책 얘기를 이어 갈 수 있는 건 애초에 이 우정의 출발이 책이었기 때문이다. 맞다. 나는 독서모임 덕분에 든든한 내집단을 갖게 됐다.

어떤 기사를 읽다가 내 미래로 삼고 싶은 우정의 모양을 발견했다. 1975년 7명의 멤버로 출발한 독서모임 'Lit'은 이후 50년 동안 30명의 멤버를 맞이하고 500번의 모임을 가졌으며 1천 병이 넘는 와인을 함께 마셨다. 50년 전 막 엄마가 되어 정신을 '단련'할 다른 것이 필요해 독서모임을 결성했다는 엘스페스 데이비스는 이제 백발이 성성한 노인이 됐다. 기사 속 사진에서 일렬로 늘어선 여성 노인 10명이 지난 50년간 마신 와인과 함께 읽은 책을 상상하니, 어쩐지 닥쳐올 미래도 대수롭지 않게 느껴졌다. 책이 있고, 술이 있고, 친구가 있고, 그러면 된 거 아닌가? 멤버 중 한 명인 질 스탠리의 말마따나. "우리가 읽은 다양한 책과 우정 그리고 동료애 덕분에 정말 즐거웠습니다."

{ 9 }

과시용 독서와 텍스트힙
: 모든 책 읽기는 허세다

도서전에서 가성비 쇼핑하기

처음 서울국제도서전에 가 본 건 2012년이다. 도서정 가제가 강화 시행되기 전이라 책을 정가 10퍼센트 할인 금액보다 더 싸게 팔 수 있는 때였다. 그때만 해도 서울 국제도서전은 어떻게든 싼 값에 새 책을 업어 가려는 사람들과 잘 팔리지 않아 쌓여 있던 재고를 처리하려는 출판사의 이해관계가 맞아떨어진, 흡사 동대문 새벽 시장 같은 풍경을 자아내는 행사였다. 읽고 싶은 책을 양껏 사기엔 늘 주머니 사정이 소박한 대학생이었던 나 역시 그 기회를 놓칠 수 없었다. 신중에 신중을 기해 구매하

리라 굳은 다짐을 하고 행사장에 들어섰지만 결국 몇 달
치 용돈이 탈탈 털린 채 돌아왔다.

　친구가 찍어 준 내 사진이 한 장 남아 있어 당시 풍
경을 지금도 선명하게 떠올릴 수 있다. 꼬질한 노란색
피케 셔츠에 반바지를 입은 내가 어깨에 백팩을 매고 양
손에 묵직한 쇼핑백을 든 채 창비 출판사 부스 앞에 바
보 같은 표정으로 서 있다. 어깨를 짓누르는 그 가방에
무슨 책이 들었는지도 알 수 있다. 집에 돌아오자마자
그날 구매한 책으로 탑을 쌓은 뒤 기념사진을 찍어 뒀
기 때문이다. 그때 내가 산 책은 문예지 『자음과모음』
과월호 5권, 프란츠 카프카의 『소송』, 마리오 바르가스
요사의 『판탈레온과 특별봉사대』, 세스 노터봄의 『산
티아고 가는 길』, 루쉰의 『들풀』, 니코스 카잔차키스
의 『그리스인 조르바』, 존 파울즈의 『프랑스 중위의 여
자』, 신형철의 『몰락의 에티카』였다.

　이 열두 권을 보면 어떤 기준으로 골라 담았는지 짐
작 가능하다. 일단 『소송』 『판탈레온과 특별봉사대』 『들
풀』을 제외한 모든 책이 400쪽이 넘는다. 『산티아고 가
는 길』과 『프랑스 중위의 여자』는 500쪽이 넘고, 심지
어 『몰락의 에티카』는 700쪽에 육박한다. 『자음과모
음』도 각각이 500쪽을 거뜬히 넘긴다. 당시 도서전은

두껍고 비싼 책일수록 상대적으로 할인율이 높았고, 한 계절만 지나면 구문舊聞이 되어 버리는 계간지 역시 도서전 단골 할인 도서였다. 그러니까 나는 싸고 양 많은, 일종의 '가성비'를 기준으로 이 책들을 고른 셈이다.

한국소설을 가장 즐겨 읽으면서도 정작 국내 도서는 평론집 한 권과 문예지뿐이고 나머지는 모두 해외 문학이라는 점에서도 내가 어떤 고집을 부렸는지 알 수 있다. 읽지 않고 표지만 봐도 이미 똑똑해진 것 같은, 교양과 품격을 두루 갖춘 그 책들을 책장에 꽂아 두고 한동안 뿌듯해했을 것이다. 물론 그 책들을 다 읽었는가 하면, 당연히 그러지 못했다. 무엇보다 안상수 디자이너가 디자인한 멋들어진 표지 덕에 책장에 꽂아 두면 제법 폼이 나던 계간지 『자음과모음』은 오랫동안 근사한 장식품 역할만 했다. 그렇게 한동안 자리만 차지하다가 책장이 포화 상태가 되면서 500페이지가 넘는 책이 대거 방출될 때 함께 정리됐다. 몇몇은 친구에게 가고, 몇몇은 중고서점으로 팔려 나갔다. 그 책들이 어디에 가서 무엇이 되었을지 이제는 알지 못한다. 하지만 그 책들이 단지 장식품 역할만 했을까? 소설가와 시인과 평론가와 학자의 글이 고루 실렸던 그 잡지는 나한테 그냥 '멋 부림' 그 이상도 이하도 아니었나?

책 읽는 건 (안) 멋져?

언젠가부터 '과시용 독서'라는 말이 유행하기 시작했다. 처음에 '과시용 독서'는 책을 읽는 것이 목적이 아니라 단순히 허영심을 채우기 위한 수단으로 독서를 이용하는 사람들을 비판하는 표현인 듯했다.

특히 2024년 한강 작가가 노벨문학상을 수상하자 뉴스 리포트 같은 데서 이 용어를 자주 썼는데, 요지는 "평소엔 책을 읽지도 않다가 우리나라 작가가 노벨상을 탔다니까 그제야 관심을 갖는다"는 것이었다. 이 표현은 꼭 'MZ세대의 한강 신드롬'처럼 'MZ'라는 단어와 붙어서 언급됐다.

'과시용 독서'라는 용어가 본격적으로 사용되기 전에는 '텍스트힙'Text+Hip이라는 표현이 MZ세대의 독서 풍경을 설명하는 데 동원됐다. '읽는 것은 멋지다'는 의미의 '텍스트힙'은 멋진 것을 찾아 헤매는 MZ세대의 관심이 심지어 '책 읽기'에까지 도달했다는 일종의 놀라움을 나타내는 단어였다. 책 인증 사진을 찍어 #북스타그램 #독서그램 #책스타그램 등의 해시태그를 달아 SNS에 올리고, 좋아하는 연예인이 읽은 책을 따라 읽고, 출판사 팝업스토어나 서울국제도서전 같은 오프라인 행사에 적극 참여하고, 책갈피나 북커버 같은 책 관련 굿즈도 즐겨 사는 이들의 독서 문화는 이전 세대에게 확실히 낯선 풍경이었다.

하지만 '과시용 독서'와 '텍스트힙'이라는 신조어는 정작 읽기보다는 책을 둘러싼 분위기와 이미지만 소비하리라는 내심의 진단을 늘 동반했다. MZ세대에겐 책 읽기마저도 자신의 개성을 내세우기 위한 수단, 허영, 허세일 뿐이라는 것이다. 이런 추세가 '반짝 유행'으로 끝나지 않게 해야 한다는 이른바 '전문가'들의 제언도 뒤따랐다.

그런데 이후 사람들이 SNS에 '과시용 독서하기 좋은 목록'을 공유하기 시작하면서 '과시용 독서'를 둘러싼 상황이 조금 달라졌다. 상 받은 책, 어려워 보이는 책, 가지고 있으면 똑똑해 보이는 책 등 과시하기 제격인 책을 낸 출판사도 등판해 '과시용 책'을 한 보따리씩 소개했다. 읽지도 않을 책을 사는 사람은 '출판계의 빛과 소금'이 됐고, 도서관에서 대출한 책을 읽지 않은 채 반납하는 사람은 '책 산책시켜 주는 사람'이 됐다. 다 못 읽으면 어때? 우리는 지금 책으로 즐거운 놀이 중인데? 이런 생각으로 어떤 죄책감에도 시달리지 않는 새로운 독자. '과시용 독서'는 읽기라는 책무에 결코 짓

눌리지 않는 세대의 새로운 놀이 방식으로 스스로 진화했다.

사실 조금만 더 생각해 보면 '과시용 독서'라는 표현은 애초에 동어반복인 조어임을 알 수 있다. 독서 행위 자체가 '과시'라는 목적을 이미 내포하고 있기 때문이다. 남들에게 그 책을 읽었노라 떠벌릴 수 없다면, 두껍고 진지하고 어려운 책은 그다지 매력적이지 않을 것이다. 오죽하면 'unread classic'이란 말이 있겠는가?

'unread classic'이란 말 그대로 고전이긴 하지만 정작 제목만 유명할 뿐 실제로 읽은 사람은 거의 없는 책을 일컫는 표현이다. 세계 최대 도서 리뷰 사이트인 굿리즈Goodreads의 'unread classic books' 목록을 살펴보면 『도리언 그레이의 초상』『죄와 벌』『제인 에어』 같은 책이 이어진다. 당연히 『1984』나 『안나 카레니나』도 빠지지 않는다. 이 목록을 보고 있자면 얼굴도 모르는 외국인들에게 동질감이 느껴지면서 손을 맞잡고 싶어진다. 그렇다면 한국인으로서 나도 부끄러움 없이 나의 'unread classic'을 공개할 수 있다. 나는 박경리의 『토지』와 조정래의 『태백산맥』을 아직 읽지 못했다(하지만 전권을 소유하고 있긴 하다……). 사람들은 왜 읽지도 않으면서 이런 책을 늘 책장에 꽂아 둘까? 피에르 바야르의 『읽지 않은 책에 대해 말하는 법』에는 이런 문장이 나온다.

> 어떤 책은 우리 인식의 장으로 들어오는 즉시 낯선 책이 아니게 되며, 그 책의 내용에 대해 전혀 모른다고 해도 그 책을 꿈꾸거나 그것에 대한 토론을 하는 데 전혀 장애가 되지 않는다. (……) 어떤 책을 그런 식으로 극히 일과적으로 만났을 뿐 영원히 그 책을 펼쳐 보지 않는다 할지라도 비독서자에게 그 만남은 진정으로 그 책을 자기 것으로 만드는 단초가 될 수 있다.

그러니까 아직 책장을 펼치지는 않았지만, 제목을 기억하고 가끔 떠올리며 언젠가 읽겠다 다짐하는 과정마저도 실은 '읽기'라는 행위의 일부인 것이다. 결국 모든 일이 이런 식으로 시작되는 거 아닌가?

텅 빈 책

2019년, 취재를 위해 오랜만에 서울국제도서전에 다시 방문했다. 그사이 도서전은 책을 둘러싼 복합적인 경험을 하는 곳으로 완전히 바뀌었다. 특히 2014년 도서정

가제의 개정 시행으로 최대 할인율이 15퍼센트로 묶인 탓에 독자를 위한 새로운 유인책이 필요해지면서 도서전은 급격한 변화를 겪었다. 그러면서 중소 출판사와 독립서점을 위한 매대, 평소 만나기 힘든 작가를 한데 모은 다양한 북토크 행사가 생겨났다. 독자에게 필요한 책을 권해 주는 독서클리닉, 문장 자판기나 시 창작 행사도 열었다. 책으로 어디까지 경험해 봤니? 이것까진 못해 봤을걸? 이렇게 묻기라도 하듯 매년 새로운 아이디어가 등장했다. 그렇게 도서전은 변신을 거듭해 '동대문 새벽 시장'에서 매년 15만 명의 방문객이 찾는 '책 축제'가 됐다.

요즈음 도서전을 두고 "책은 뒷전인" "정작 텍스트는 빠진" "굿즈가 주인공인" "2030 여성 중심의" 행사가 됐다고 우려하는 사람들도 있다. 너무 힙해진 나머지 오히려 어린이와 4050 남성 독자는 찾기 힘들다는 비판도 물론 있다. 그와 관련해 나는 대신 다른 풍경을 보여 주고 싶다. 도서전이 열리는 서울 코엑스에서 빠져나오면 멀지 않은 곳에 코엑스몰의 별마당도서관이 있다. 1층부터 천장까지, 13미터 높이의 거대한 서고에 책이 가득 차 있다. 보고만 있어도 아찔해지는 이 서고에서 '진짜 책'은 사실 여섯 번째 칸까지만이다.

나머지는 모두 '페이크북'이라 불리는 모형 책이다. 겉표지와 크기만 책일 뿐 안은 텅 빈 그야말로 진짜 '장식용' 책인 것이다. 가짜 책으로 도서관의 일부를 채운 건 어쩔 수 없는 방편이다. 만일 진짜 책으로만 천장까지 꽉 채우면 책 무게로 책장이 무너질 수도 있고, 지진이나 화재 발생 시에 대형 사고로 이어질 수도 있기 때문이다.

그럼 장식용 책이 섞여 있으니 이 도서관은 공허한 공간일까? 이곳엔 장식용 책을 제외하고도 5만 권의 진짜 책이 비치돼 있고, 매월 큐레이션을 통해 1천여 권의 새 책이 들어온다. 별마당도서관을 어슬렁거리는 사람들은 책에서 뿜어져 나오는 '진짜 빛'과 모형에서 나오는 '가짜 빛'을 함께 쬐고, 그 뭉뚱그려진 빛을 모두 책의 빛이라 여긴다.

나는 독서가 이런 뒤섞인 빛을 쬐는 일에 가깝다고 생각한다. 읽은 책, 읽을 책, 읽지 않은 책, 읽지 않고도 읽었다고 말하는 책, 읽었는지 안 읽었는지 정확히 기억나지 않는 책이 모두 섞여 우리 안의 작은 책장을 채운다. 그러다 보면 어느 순간 그 책장에서 아직 '읽지 않은 책'을 꺼내 보는 날이 올 것이다. 분명히 온다. 왜냐하면 책이 거기에 꽂혀 있으니까.

나만의 독서 목록 만드는 법

어른이 되면

그때 내가 읽어도 되는 책이라곤 『EBS 수능특강』『능률VOCA』『개념원리』뿐이었다. 고등학교 1학년까지만 해도 파울로 코엘료의 『베로니카 죽기로 결심하다』를 탐독하는 문학소녀였던 나는 고2 여름방학을 기점으로 본격 수험생 모드에 돌입하면서 사실상 문제집을 제외한 책은 읽지 못하게 됐다. 수면 시간도 쪼개 영단어를 외우고 쉼 없이 수능 기출문제를 풀어야 하는 대한민국 수험생에게 시험과 상관없는 시집이나 소설책 따위를 읽는 건 사치나 다름없었다. "열무 삼십 단을 이고/ 시장에 간 우리 엄마"(기형도, 「엄마 걱정」)로 시작되는 교과서 속 시구를 외면서 잠시나마 감상에 잠기는 게 당시 내가 할 수 있는 가장 적극적 읽기 행위였다.

문제집의 문학, 비문학 지문을 읽는 것만으로는 독서에 대한 열망이 해소되지 않던 어느 날, 나는 도서관으로 도망쳤다. 평소라면 공부하러 칸막이가 둘러진 열람실로 직행했겠지만, 그날은 어쩐지 문 앞에서 머뭇거리게 됐다. 그러다 방향을 틀어 열람실이 아닌 자료실로 향했다. 방대한 서고 사이를 걸으며 손끝으로 책등을 훑으면서 읽지는 못해도 읽는 기분을 냈다. 한참 뒤 자료실을 빠져나오는 내 손에 한 권의 책이 들려 있었다. 정혜윤의 『침대와 책』이었다.

'지상에서 가장 관능적인 독서기'라는 부제가 붙은 그 책은 CBS 피디인 정혜윤이 YES24 웹진에 연재한 독서 칼럼을 모은 것이었다. 폴 오스터의 『브루클린 풍자극』부터 칼 세이건의 『코스모스』, 프리모 레비의 『이것이 인간인가』까지. "우울한 다음 날 술 한잔 딱 걸치고 돌아오는 길"에, "사랑이 끝나 버린 걸 아는 순간"에, "꿈은 있지만 꿈에 이르는 길을 몰라 불안할 때"에, 3면이 검은 프레임으로 둘러싸인 침대에 누워 책을 읽었다는 그녀의 모습에 나는 훗날의 나를 겹쳐 보았다.

그건 마치 '미래로부터의 손짓' 같았다.

　열람실로 돌아온 나는 자리에 앉아 문제집을 펼치는 대신 『침대와 책』에 소개된 책 목록을 노트에 옮겨 적기 시작했다. '어른이 되면.' 그런 기대로 지탱하는 나날이었다. 하고 싶은 것도 읽고 싶은 것도 모두 미래로 미뤄 둬야 했던 수험생에게 그 책에 소개된 또 다른 책들의 목록은 그 자체로 미래를 상상할 동력이 되었다. 어른이 되면 여기 나온 책을 전부 읽어야지. 이 목록을 내 목록으로 만들어야지. 그 이후에도 책을 읽고 싶은 마음이 솟구칠 때면 나는 '책에 관한 책'을 읽었다. 그리고 그 책에 소개된 책들을 나의 '읽고 싶은 책 목록'에 옮겨 적었다. 그게 시작이었다.

서울대, 김연수, 문형배 그리고 '나'만의 목록

모든 일의 시작에는 '목록 만들기'가 있다고 생각하는 편이다. 책 읽기 역시 예외일 수 없다. 책을 읽겠다고 결심했을 때, 어떤 책을 읽을지 먼저 목록을 만들지 않으면 무수한 실패를 거치게 된다. 물론 이 헤맴 역시 독자가 되어 가는 과정의 일부겠으나, 그러다 영영 책 읽기에 흥미를 갖지 못할 수도 있으니 가급적이면 무턱대고 집어들기보다 친절하게 안내하는 목록을 따라가 보는 것이 좋다.

　나만의 목록을 가진 능동적 독자가 되겠다고 결심했을 때 대부분이 가장 먼저 참조하는 것이 이른바 '필독서'다. 그중에서도 '서울대 권장 도서 100선' 같은 목록은 외국 문학부터 한국문학, 동양사상, 서양사상, 과학기술까지 각 분야에 걸쳐 말 그대로 '꼭 읽어야 할 고전'을 가늠해 볼 수 있다는 점에서 많은 이들이 가이드로 삼는 것 같다. 그러나 이처럼 '널리 알려진 필독서' 목록은 개인의 취향이나 관심사가 전혀 반영되어 있지 않기 때문에 오히려 책에 대한 흥미를 반감시킬 수 있다고 본다.

　그런 점에서 '나만의 목록'을 만들 때 참조하면 좋은 것은 '내가 마음을 다해 신뢰할 만한 누군가'의 목록이다. 주변의 누군가일 수도 있고, 좋아하는 작가일 수도 있다. 누군가를 좋아해서 그 사람이 보는 세계를 함께 보고 싶은 마음만큼 강력한 동력은 없기 때문이다. 나의 경우 『침대와 책』 이후 가장 많은 영향을 받은 목록은 김연수 작가의 에세이 『청춘의 문장들』과 『우리가 보낸 순간』에 소개된 책이었다. 훌륭한 소설가이기 이전에 열렬한 독자인 그가 추천한 목록을 참조하면서 나는 엔도 슈사쿠의 『깊은 강』이나 니콜 크라우스의 『사랑의 역사』, 크리스토퍼 바타이유의 『다다를 수 없는 나라』 같은 책을 알았다. 그리고 그런 책은 모두 고스란히 나의 목록으로 옮겨졌다. "아름다운 문장을 읽으면 당신은 어쩔 수 없이 아름다운 사람이 된다"라는 책 속의 문장을 마치 예언이라도 되는 것처럼 받들며 아름다운 사람이 되고자 했다.

　다행히도 세상에는 작가가 자신이 읽은 책에 관해 쓴 책이 정말 많다. 내가 좋아하는 작가가 추천하는 책의 작가가 추천하는 책의 작가가 추천하는……으로 이어지는 책의 지도야말로 끝없이 이어지는 세계다. 꼭 작가가 아니어도 된다. 내가 최근에 참조한 목록은 문형배 전 대법관의 것이었다. 그는 2006년부터 '착한 사람들을 위한 법 이야기'라는 문패를 단 블로그에 읽은 책에 대한 짧은 감상을 적었는데, 누군가 이 블로그에서 추천한 책을 따로 모아 엑셀 파일로 정리해 공유한 것을 보고 냉큼 다운받았다. 이 목록의 장점이라면 평소 접하기 쉽지 않은 법 관련 서적이 다수 포함돼 있다는 것인데, 덕분에 내 목록 역시 법리적으로 상당한 완결성을 갖추게 됐다.

목록을 위탁할 때 고려해야 할 것

이렇게 모은 '읽은 책'과 '읽을 책' 목록을 어떻게 기록할지도 관건이다. 나는 이전까지 노트에 수기로 적어 두었던 것을 '워드프로세서'를 쓰는 성인이 되면서 전부 워드 문서로 옮겼다. 그러다 2016년부터 온라인 서점 알라딘에서 만든 '북플'bookple이라는 앱을 이용해 기록하고 있다. 워드 문서에 적어 둔 목록을 북플 앱에 옮겨 담느라 한차례 대대적인 이사를 해야 했지만, 그런 번거로움을 감수할 만큼 장점이 많다. 우선 앱을 이용하는 다른 사람들을 팔로우해 그들이 어떤 책을 읽는지 볼 수 있다는 점이 좋다. 서점에서 운영하는 앱인 만큼 책에 대한 정보를 따로 검색할 필요 없이 곧장 책 소개로 연결된다는 것도 장점이다.

다양한 통계를 제공해 주기 때문에 독서 계획을 실천하기에도 좋다. 북플은 내가 읽은 책의 숫자를 1년 단위로 알려 주는데, 나는 이 숫자가 '100권' 아래로 떨어지지 않게 하려고 노력한다. 말하자면 나만의 '36.5도' 같은 건데, 100 아래로 떨어지면 내가 일주일에 두 권도 못 읽을 만큼 정신없이 살고 있다는 신호로 보고 다시 한번 일상의 전열을 가다듬는다.

그중에서도 특히 좋아하는 기능은 'n년 전 오늘'이다. '읽은 책'을 기록할 때 자동으로 날짜가 입력되는데, 이게 캘린더 기능과 연결돼 몇 년 전 오늘 혹은 같은 주에 어떤 책을 읽었는지 알 수 있다. 나는 종종 북플 앱에 들어가 1년 전, 2년 전, 10년 전 내가 무슨 책을 읽었는지 찾아본다. 10년 전 나는 한창 한국 소설을 탐독했고, 2년 전 이맘때에는 윌리엄 트레버의 전작을 하나씩 읽어 나갔다. 그렇게 변해 온 나의 관심사, 가치관, 삶의 방향을 책을 통해 가늠하다 보면 시간의 나이테가 만져지는 것 같은 기분이 든다.

최근에는 북플 외에도 다양한 독서기록 앱이 나왔고, 저마다 기능도 다양하다. 하지만 이처럼 앱에 목록을 위탁할 경우 치명적 두려움이 수반되는데, 바로 이 앱이 불시에 사나운 바이러스에 감염되거나 서비스를 종료해 그간 일군 목록이 한순간 날아가 버리면 어쩌지 하는 두려움이다. 그러면 내 과거와 미래는 어떻게 되는 거지? 언제라도 목록이 날아갈 수 있다는 치명적 두려움과 함께 오늘도 나는 '읽고 싶은 책' 한 권을 또 추가했다.

이 방대한 책의 우주에서
고유한 목록을 갖는다는 것

여기까지 읽고 누군가는 이렇게 생각할지도 모르겠다. '이런 게 다 왜 필요해? 어차피 알고리즘이 알아서 추천해 줄 텐데.' 그래, 맞다. 섬세한 알고리즘이 나의 구매 이력과 체류 시간, '좋아요' 클릭 같은 데이터를 바탕으로 "네가 좋아할 만한 걸 준비해 봤어" 하며 모든 걸 떠먹여 주는 시대에 직접 방대한 추천 목록을 디깅digging 하며 나의 취향을 만들어 가는 노력 따윈 무척 비효율적으로 보인다.

하지만 '목록 만들기'의 궁극적 목적이 그저 좋은 책을 읽기 위한 것만은 아니라고 나는 생각한다. 비효율적일지라도 목록을 만드는 과정 자체에서 얻는 기쁨은 목록에 적힌 책을 완독하고 느끼는 기쁨 못지않다.

우연히 읽은 기사에 소개된 책, 블로그 주인장이 재미있게 읽었다는 책, 띠지에 적힌 추천사가 좋았던 책, 내가 흠모하는 인물이 '인생 책'으로 꼽은 책 등을 바탕으로 만든 나만의 목록은, 이를테면 나라는 인간의 고유성이다. 데이터는 절대 알지 못할 우연한 만남들이 중첩된. 인간과 인간 사이에서 벌어지는. 그 누구의 것과도 같지 않은. 그리하여 그 자체로 고유한. 나라는 인간.

　현재 내 북플에 등록된 '읽고 싶은 책'은 1,154권, '읽은 책'은 1,894권이다. 읽은 책의 숫자가 아무리 늘어나도 읽고 싶은 책의 숫자가 0이 되는 일은 없다. 왜냐하면 세상에는 재미있고 훌륭하고 그래서 궁금한 책이 너무나도 많으니까. 계속해서 쓰이니까. '읽은 책'의 숫자를 아무리 빠르게 늘려 간다 해도 '읽고 싶은 책'의 숫자를 따라잡지는 못할 것이다. 숫자는 매번 갱신되고, 목록은 한없이 길어질 것이다. 이 목록은 결코 완성으로 수렴되지 않는다.

　어쩌면 그게 독자가 사는 방식이리라. 영원히 완성되지 않는 행위를 계속하는 것. 그것으로 과거와 미래를 쉼 없이 잇는 것. 멈추지 않고 계속하는 것. 다만, 읽는 것.

〔 11 〕
문학책 더 잘 읽는 법

문학상을 받은 작품은 좋은 작품일까?

친구들과 1년에 한 번씩 코엑스에서 열리는 '주류박람회'에 간다. 전국의 양조장과 주류 수입사의 술을 한자리에 선보이는 행사다. 기본적으로는 주류업 종사자들의 정보 교류 장이지만, 일반인도 2만 원 남짓의 입장료를 내면 와인부터 맥주, 사케, 전통주까지 온갖 주류를 시음해 볼 수 있다. 이런 사실이 알려지며 전국 술꾼들의 연례행사가 된 모양새다.

나로 말할 것 같으면, 20대 초반엔 허겁지겁 술을 배우고, 20대 후반엔 소맥 폭탄주를 말아 가며 회사 생활에 적응하고, 30대에 이르러 이마트 와인 코너의 1+1 행사를 통해 비로소 와인의 맛을 알아 가기 시작했다. 그렇긴 해도 술에 대한 전문 지식이나 고급 취향을 따로 갖춘 건 아니어서 처음 수천 종의 술이 전시된 박람회장을 찾았을 땐 어느 것부터 마셔 봐야 할지 몰라 어리둥절했다. 무턱대고 들이켜다간 금세 정신이 혼미해진다는 걸 몇 번의 시행착오 끝에 깨달았다.

이럴 때 초보자인 내가 의지할 수 있는 기준은 별게 없다. '무슨무슨 상 수상'이란 라벨을 내건 술이라면 일단 마셔 보는 것이다. 대한민국 주류 대상, 우리 술 품평회, 국제 와인 & 증류주 대회 등등. 난생처음 들어 보는 많고 많은 대회에서 수상한 술이라면 나름대로 최선을 다한 술이겠지 싶기도 하고, 무엇보다 나보다는 훨씬 전문가일 게 분명한 심사위원의 미각을 믿어 보자 싶은 것이다.

술뿐만이 아니다. 어느 영역이든 명백한 취향을 아직 갖추지 못한 초보자와 이제 막 그 세계에 발을 들인 입문자에게 '수상작'이라는 기준은 꽤 쓸 만한 나침반이다. 그렇다면 문학도 마찬가지일까? 내 대답은 '충분히 그렇다'다.

물론 상을 받은 작품이 무조건 좋은 작품이고 못 받

은 건 나쁜 작품이라는 뜻은 결코 아니다. 세상에는 상이라는 협소한 기준으로 평가할 수 없는 예술의 무수히 좋고 나쁜 결이 있다. 또한 그 좋고 나쁨의 미세한 결을 알아차려 주는 저마다의 독자도 존재한다. 그럼에도 문학상은 문학작품에 대한 안목을 기르는 데 꽤 유용한 길잡이가 되어 준다. 그 길잡이를 어떻게 잘 활용할지에 대해 이야기해 볼까 한다.

한국에 문학상이 왜 이리 많아?

한국문화예술위원회 조사에 따르면 2021년 기준 국내 문학상은 총 249개에 달한다. 신춘문예나 신인문학상처럼 신인 발굴이 목적인 상을 제외한다 해도 최소 100개가 넘는 문학상이 있다. 작품에 주는 상도 있고, 작가에게 주는 상도 있다. 시, 단편소설, 장편소설, 동화, 시조, 평론 등 장르도 다양하다. 한국일보문학상이나 한겨레문학상처럼 언론사가 주관하는 상도 있지만, 대부분은 문학 단체를 중심으로 정부 및 지자체, 출판사가 공동으로 운영한다.

　그렇다면 이 중에서 내 취향에 맞는 문학상 수상작을 어떻게 고를까? 우선 제대로 읽어 보고 싶은 장르부터 정하자. 만일 시에 관심이 있다면 신동엽문학상이나 백석문학상, 김수영문학상, 김춘수시문학상 등을 참조해 볼 수 있다. 이름에서 짐작할 수 있듯 대부분 우리 문학사에 큰 족적을 남긴 중요한 시인의 이름을 따와 제정된 상이다.

장편에 관심이 있다면 한국 장편소설의 산실이 되어 온 한겨레문학상, 문학동네소설상, 창비장편소설상 등의 목록을 참조할 수 있다. 1977년 제정된 오늘의작가상도 2024년부터 장편소설 공모제로 돌아왔다. 최명희의 대하소설 『혼불』을 기념해 만들어진 혼불문학상이나 1억 원이라는 국내 최고 상금으로 유명해진 세계문학상, 2013년 제정돼 신인 작가의 미발표 장편소설에 주는 수림문학상도 좋은 참조 목록이 되어 줄 것이다.

문학상의 종류도, 수상작도 이렇게나 많다 보니 온라인 서점에서는 '국내 문학상 수상작'이라는 분야를 따로 만들어 문학상별 수상 작품을 한데 모아 소개하고 있다. 이 글을 쓰기 위해 세어 보니, 알라딘의 '국내 문학상 수상작' 목록에는 총 12개, 예스24의 목록에는 가톨릭문학상(ㄱ)부터 황순원문학상(ㅎ)까지 총 52개가 있었다. 교보문고는 '문학상 수상자'라는 분야에 무려

142개의 문학상을 나열해 놓았다. 교보문고의 경우 노벨문학상과 공쿠르상, 아쿠타카와상처럼 국내에도 친숙한 해외 문학상뿐만 아니라 각종 장르문학 공모전까지 한데 모아 소개하고 있다.

이 중에 네 취향이 하나쯤은 있을걸

너무 많은 표지판은 오히려 길을 더 헷갈리게 만들 수 있다. 그런 점에서는 단편소설 수상작품집이 자신만의 취향에 맞는 길을 내는 데 도움이 될 것이다.

한국문학의 미학은 오랫동안 단편소설을 위주로 발전해 왔다. 거슬러 올라가자면 한국 단편소설의 원형이라 평가받는 김동인의 「감자」, 현진건의 「운수 좋은 날」 같은 작품의 성취가 있고, 이후로는 단편소설 위주로 등단과 청탁이 이뤄지는 한국 출판계의 여러 관행이 바탕이 되었을 것이다. 한때는 이 같은 편향이 '한국 장편소설의 위기'를 불러왔다는 걱정도 있었지만, 그럼에도 여전히 한국어로 쓰인 정교하고도 아름다운 이야기의 상당수가 단편의 형식을 따른다. 그런 점에서 여러 작가의 단편소설을 한데 수록한 수상작품집은 문학의 '맛'에 이제 막 눈을 뜬 독자에게도, 단행본 한 권을 진득하게 챙겨 읽기 어려운 독자에게도 실용적인 선택지다.

　오래전 내가 가장 열심히 읽은 단편소설 수상작품집은 『이상문학상 작품집』이었다. 중학생에서 고등학생으로 넘어가던 시기, 이제 더 이상 청소년문학만으로는 문학 읽기에 대한 욕구가 다 해소되지 않는다는 걸 깨달았다. 어른들의 책장을 넘보던 내 눈에 들어온 게 바로 『이상문학상 작품집』이었다. 그중에서도 1996년 작품집에 실린 성석제 작가의 단편소설 「첫사랑」은 아직 어른의 이야기가 낯설게 느껴지던 중학생 소녀에게도 마치 '내 이야기'처럼 다가왔다. 너무 미숙해서 사랑이 사랑인지 깨닫지 못하는 10대 소년들을 그린 그 작품이 너무나 갖고 싶었던 나머지 문구점에서 400원짜리 유선 노트를 사다 소설 전체를 필사하기도 했다. 이후 대학에서 국문학을 전공하게 되면서 방학마다 『이상문학상 작품집』만 따라 읽는 스터디 모임을 꾸리기도 했다. 문학 전공생으로서 얕게나마 한국문학의 지형을 스스로 그릴 수 있게 된 데는 그때의 작품집 읽기가 바탕이 되었다. 이상문학상의 경우 오랫동안 상을 운영해온 출판사 문학사상의 불공정한 저작권 계약 논란으로 수상 거부 사태가 벌어지기도 했지만, 최근에는 운영

주체가 바뀌고 상의 기준이나 심사 방식을 투명하게 정비하며 오래전 명성을 되찾아 나가고 있다.

이외에 이효석문학상, 김유정문학상, 한국과학문학상, 김승옥문학상, 문지문학상(2018년부터는 '소설 보다'라는 이름으로 분기마다 수상 후보작을 단행본으로 출간하고 있다) 등도 수상작품집을 꾸준히 펴내고 있다. 그중에서도 내가 가장 열심히 따라 읽어 온 수상 작품집은 바로 『젊은작가상 수상작품집』이다.

작가가 성장하듯 독자도 성장한다

2025년 초봄, 제16회 문학동네 젊은작가상을 수상한 백온유, 강보라, 서장원, 성해나, 성혜령, 이희주, 현호정 소설가와 함께 릴레이 북토크를 진행했다. 나는 사회자로서 작가와 독자 사이를 질문과 답변으로 연결했다. 평일 저녁 광화문 교보문고의 커다란 나무 테이블에 삼삼오오 모여 앉아 소설에 대한 이야기를 함께 나누고 있자니 새삼 나의 오랜 여정이 떠올랐다.

2010년 내가 대학생이 된 해에 출판사 문학동네에서 '젊은작가상'이라는 문학상을 제정하고 등단 10년 이내 작가의 작품을 소개했다. 젊음이 당연히 내 것임을 의심하지 않던 스무 살 젊은이이자 이제 막 문학 공부를 시작한 전공생이었던 나는 어쩐지 그 수상작품집이 나라는 독자를 위한 것처럼 느껴졌다. 널리 읽히기를 바라는 마음으로 출간 1년간 정가의 50퍼센트로 특별보급판을 판매한다는 점 역시 책을 한 권씩 사 모으겠단 결심을 부추겼다.

그렇게 매년 출간되는 『젊은작가상 수상작품집』이 책장에 한 권씩 한 권씩 늘어 갔다. 대단한 결심도 없이 따라 사서 읽다 보니 어느새 열여섯 권이 책장 한 칸을 당당하게 전부 차지하게 됐다. 1회부터 16회에 이르는 작품집을 손끝으로 가만히 쓸어 보다가, 내가 이들과 함께 자라 왔다는 사실을 깨달았다. 이제는 어엿한 중견이 된 김애란(「물속 골리앗」, 2011년 대상) 작가나 황정은 작가(「상류엔 맹금류」, 2014년 대상) 역시 한때는 등단 10년 미만의 '젊은 작가'이자 '신인 작가'였다는 사실, 그리고 그들 중 대다수가 찰나에만 존재하다 사라지지 않고 여전히 오늘날 한국문학의 중요하고 성실한 작가로 남아 있다는 사실이 어쩐지 안도가 됐다. 그들이 성장한 것처럼 나도 성장했다. 공통점은 그만두지 않았다는 것이다. 쓰는 일과 읽는 일 모두.

그날 자리에 모인 이들 중 "『젊은작가상 수상작품

집』으로 작가들의 작품을 처음 만나 보았다"고 말하는, 작가들만큼이나 젊은 독자들이 특히나 반가웠다. 나는 새로운 동료를 맞이하는 마음으로 이런 말을 전했다.

"작가의 가장 젊은 현재를 읽게 되신 걸 축하합니다. 마음에 꼭 맞는 작품이 있었다면, 그 작품을 쓴 작가의 단행본도 한번 읽어 보세요. 그 작가의 독자가 되어 보세요. 따라 읽어 보세요. 계속 읽어 보세요. 그러다 보면 어느 순간 알게 되실 거예요. 작가도 성장하지만 독자도 성장한다는 사실을. 한국문학의 또 다른 기둥이 되어 주실 여러분의 읽기를 응원합니다."

{ **12** }
한국문학 독자라는 특권

내가 만일 다른 나라에서 태어났다면

공상을 자주 하는 편은 아니지만 외국을 방문하거나 여행하는 영상을 볼 때면 이따금 상상해 본다. 내가 만일 유라시아 대륙 끄트머리 대한민국이라는 나라의 남쪽 도시가 아니라 적도의 술라웨시섬에서 어부의 딸로 태어났다면? 순록을 기르는 툰드라 유목민의 자식이나 인도 조드푸르의 팔찌 파는 소녀로 태어났다면? 그 삶에도 나름의 역경과 기쁨이 있을 테니 딱히 어떤 삶이 더 불행하다거나 축복이라고 생각하진 않는다. 다만 그곳 기후에 적합한 피부를 지니고 그곳에서 더 많이 나는 것이 주식이 될 뿐, 그곳에서도 나는 어떤 식으로든 내가 되고자 했을 것이다.

하지만 이런 상상이 '내가 만일 다른 언어를 쓰고 말하는 사람이었다면?'으로 이어지면 머릿속이 조금 복잡해진다. 내가 한국어가 아닌 영어나 힌디어, 러시아어로 말하는 사람이었다면? 영어 원어민은 전 세계 약 4억 5천만 명 이상이고, 힌디어 역시 원어민 수가 6억 명에 달하니 그 언어로 듣고 말하는 내가 어떤 사람일지는 어느 정도 상상 가능하다. 하지만 만일 내가 구사 인구가 2천 명에 불과한 동프리슬란트어 화자이거나 원어민이 1,100명 남짓인 돌간어 화자였다면, 나는 어떤 사람이 되었을까? 내가 읽고 자란 언어가 아닌 다른 언어로 쓰인 다른 세계를 보고 자랐다면, 그리하여 한국문학의 독자가 아니었다면, 그래도 나는 지금과 같은 내가 되었을까?

해외 문학을 많이 읽어야 '고급' 독자일까?

처음으로 가져 본 '세트' 도서는 '디즈니 그림 명작' 시리즈였다. 계몽사가 월트 디즈니 프로덕션과 계약해 1980년부터 국내에 번역 출간한 이 시리즈는 1970 ~

1990년대생이라면 한 번쯤 읽어 봤을 만큼 큰 인기를 누렸다. 『잠자는 공주』부터 『아기 늑대와 꼬마 돼지 삼형제』까지 총 60권으로 이뤄진 이 동화책 덕에 당연히 신데렐라와 잠자는 숲속의 공주는 금발에 푸른 눈이리라고 생각하게 됐다. 그때는 내가 생각하는 '이야기' 속 주인공이 모두 외국인이라는 사실이 의아하지 않을 만큼 어렸으니까.

글자를 읽는 속도가 빨라진 만큼 세계가 다채로워졌다. 김중미의 『괭이부리말 아이들』, 공지영의 『봉순이 언니』, 박완서의 『그 많던 싱아는 누가 다 먹었을까』, 위기철의 『아홉 살 인생』 등 방송에 소개된 책이 전 국민 필독서가 되던 시절이었다. 물론 『해리포터』와 『모모』『데스노트』나 『명탐정 코난』도 함께 거쳐 왔다. 그때만 해도 작가의 국적이 미국인지 일본인지 한국인지는 고려 대상이 아니었다. 그저 '재미'와 '감동'만이 중요할 뿐이었다.

책의 '국적'을 의식하게 된 것은 세계문학전집의 존재를 알고 난 이후부터다. 이전까지만 해도 책을 제법 읽는 문학소녀였던 나는 성인이 된 뒤 세계문학전집에 이름을 올린 책 중에 읽은 작품이 거의 없다는 사실을 깨닫고 어쩐지 부끄러움을 느꼈다. 『호밀밭의 파수꾼』이며『동물농장』『위대한 개츠비』나『이방인』같은 작품을 읽지 않고서 책을 좋아한다고 말하면 안 될 것 같은 머쓱함, 그런 '목록'에 실린 책을 한시라도 빨리 다 읽은 사람이 되고 싶다는 조바심에 민음사 세계문학 전집에 포함된 책을 한 권씩 격파하듯 읽어 나갔다.『햄릿』은 교양의 기본이지만『구운몽』은 '학교에서 배우는 옛이야기'에 그쳤고, 염상섭의『삼대』는 안 읽어도 도스토옙스키의『카라마조프가의 형제들』은 꼭 읽어야만 할 것 같았다.『삼대』는 한국어 화자인 우리만 공감할 수 있지만『위대한 개츠비』는 전 세계인이 읽는 이야기니까 아무래도 후자를 읽는 쪽이 이를테면 범용성(?)이 더 높아 보이기도 했다.

문학을 읽으면 읽을수록 사대주의자가 될 수밖에 없는 운명 같았다. 게다가 세계문학은 아무리 읽어도 숙제 범위가 넓어지기만 해서, 영미 문학을 어느 정도 따라 읽었다 싶으면 (서)유럽 문학이 기다리고, 유럽 문학을 건드리다 보면 러시아 문학이 압도해 왔다. 아무리 서둘러 따라 읽어도 평생 협소한 독자에 불과할 것 같다는 열등감이 엄습했다. 전공 공부를 위해 한국 근현대 작품을 읽고 그 외 시간에 짬을 내 세계문학전집을 읽을 때면 이런 생각까지 들었다. 러시아 사람들은『삼대』를 안 읽겠지? 애초에 『삼대』가 『카라마조프가의 형제들』만큼 유명했으면 어땠을까? 왜 하필 세계질서는 서구 중심으로 이뤄진 걸까? 어쩐지 좀 억울했다.

갑자기 우리 문학이 '세계문학'이 된 건에 대하여

그런데 언젠가부터 상황이 달라지기 시작했다. 나는 똑같이 읽던 대로 읽었을 뿐인데 별안간 한국문학이 세계문학이 된 것이다.

실은 별안간은 아니었다. 2016년, 내가 신문사에 입사한 그해 한강 작가가 부커상을 수상했다. 문화부 인턴으로 맨 처음 출동한 현장이 한강 작가가 부커상 수상 직후 국내 기자들과 가진 간담회였다. 이후 신문사에서 문학 담당 기자로 일하며 가장 많이 쓴 기사 중 하나가 바로 국내 작가가 해외에서 무슨무슨 상을 수상했다는 소식이었다.

실제 한국문학번역원 통계에 따르면 2003년부터 2024년까지 국내 작가가 수상한 주요 해외 문학상은 45개에 달한다. 그중 2020년 이후 받은 것만 20개다. 영국 대거상(윤고은), 프랑스 메디치상(한강), 캐나다 그리핀 시문학상(김혜순), 독일 추리문학상(김영하),

에밀 기메 아시아문학상(황석영) 등 한 달에 한 번꼴로 국내 작가가 이름도 낯선 해외 문학상을 수상했다는 소식이 보도자료로 날아왔다.

그리고 2024년 10월 10일, 한강 작가가 이 리스트에 최종 방점을 찍었다. 그 전까지만 해도 나는 노벨문학상에 대해 좀 복잡미묘한 마음을 갖고 있었다. 노벨문학상 발표 당일은 문학 기자에게 1년 중 가장 대목이다. 일주일 전부터 도박 사이트를 들락거리며 수상 후보를 점쳐 보고 그들에 대한 연보를 미리 준비해 놓는다. 유력 후보에 한해서는 전문가 코멘트를 미리 받아 놓기도 하고 주요 저작 역시 한 번씩 살펴본다. 발표 순간 노벨위원회 관계자의 입 모양을 유심히 관찰하고 발표 즉시 각종 분석 기사를 쏟아 낸다.

매년 이 호들갑을 떨면서도 내심 떨떠름했다. 어차피 남의 나라 잔치인데 왜 이토록 수상 소식에 집착해야 한단 말인가. 120여 년에 이르는 기나긴 역사에서 여성 수상자는 15퍼센트(17명)에 불과하고 그중 아시아 여성은 단 한 명도 없는 기이하리만치 불균형한 이 문학상이 어떻게 '세계문학상'일 수 있단 말인가. 노벨문학상이 작가의 문학적 성취를 증명하는 유일한 기준도 아니고, 사실상 유럽 백인 남성 작가의 잔치에 불과한 상을 왜 마치 국제적 승인인 양 받아들여야 한단 말인가?

이 모든 투덜거림은 노벨위원회 관계자가 '한강'이라는 한국어 두 글자를 발음한 순간 씻은 듯이 사라졌다. 나는 어리둥절함과 기쁨이 한데 몰려오는 것을 느끼며 눈물을 흘렸다. 나의 읽기가 별안간 동시대 세계인의 표준 감각이 되는 순간, 그 눈물은 뭐랄까, 내가 여기에 있다는 걸 누군가 알아차렸을 때의 당혹과 안도에서 나오는 눈물이었다.

남들이 보지 못한 풍경을 먼저 보고 있어요

올림픽이나 월드컵 같은 국가 대항전이 있어도 시큰둥한 편이다. 스포츠에 별로 관심이 없어서이기도 하지만, 한 개인의 오롯한 성취에 나라의 깃발을 펄럭이는 게 어쩐지 이상하게 느껴지기 때문이다. 한국인 연주자가 해외 콩쿠르에서 상을 탔다거나 한국인 선수가 해외 리그에서 멋진 활약을 펼쳤다는 소식을 들을 때도 마찬가지다. 그런 내가 그 어느 때보다도 열심히 번역기를 돌리며 전 세계인이 남긴 『소년이 온다』의 후기를 찾아 읽었다.

도대체 이 마음의 정체는 뭘까. 곰곰이 생각하다가

몇 년 전 인터뷰했던 번역가 안톤 허의 말이 떠올랐다. 박상영의『대도시의 사랑법』, 정보라의『저주토끼』를 영어로 번역하고 두 작품을 나란히 부커상 인터내셔널 부문 1차 후보에 올린 그에게 번역가로서 꿈이 무엇이냐고 물었다. 그는 이렇게 답했다.

"저는 한국문학이 너무 좋아요. 한국문학 독자로서 특권이 있다고 생각하고, 이 특권을 세상과 나누고 싶어서 번역가가 된 것 같아요. 번역가로서 저는 남들이 보지 못한, 앞으로 남들이 보게 될 풍경을 미리 보고 있어요."

나에게 특권이 있다는 생각은 한 번도 해 본 적이 없었다. 하지만 그건 특권이 맞았다. 읽고 쓰기를 계속한 작가들의 유산이 이토록 많은 나라에서 태어났다는 것은. 그리고 그 특권은 우월감을 느끼기 위한 것이 아니라 내가 본 풍경을 당신들에게도 보여 주고 싶다는 마음에 다름 아니었다. 이런 마음을 나는『소년이 온다』와『채식주의자』를 번역 출간한 해외 출판 관계자들이 노벨문학상 발표 직후 마치 자신이 상이라도 받은 양 열렬히 기뻐하고 환호하는 SNS의 영상과 후기를 보면서 실감했다. 그건 그저 우리가 같은 이야기 앞에서 울고 웃는 사람들이라는 걸 확인한 동일성의 감각에서 오는 것이었다.

얼마 전 『죽고 싶지만 떡볶이는 먹고 싶어』를 쓴 백세희 작가가 5명에게 장기를 기증하고 세상을 떠났다는 소식이 전해졌다. 그의 나이 35세였다. 2018년 출간된 『죽고 싶지만 떡볶이는 먹고 싶어』는 작가가 경도·만성 우울증을 헤쳐 나가면서 정신과의사와 나눈 대화 기록을 엮은 에세이다. 끊임없는 자기 의심과 싸우면서도 일상적인 기쁨을 찾고자 애쓴 그의 이야기는 25개국 언어로 번역되어 전 세계적으로 100만 부 이상이 팔렸다. 작가의 부고 소식이 전해진 이후 전 세계 독자들이 그의 SNS 계정에 찾아와 최신 게시 글에 추모 댓글을 남겼다. 영어, 포르투갈어, 튀르키예어, 인도네시아어로 쓰인 댓글을 인스타그램의 자동 번역 기능을 이용해 한참 동안 읽어 내려갔다. 거기엔 쓰는 언어나 거주하는 곳이 다른 이들의 같은 마음들이 빼곡했다. 고마움, 미안함, 슬픔 그리고 그리움.

"Your book helped me go through a lot of things I couldn't do it without it."(당신의 책은 내가 많은 것을 헤쳐 나갈 수 있게 해 주었어요. 당신의 책이 아니었다면 그렇게 하지 못했을 거예요.) "vamos sentir sua falta."(우리는 당신을 그리워할 거예요.)

"Üzgünüm. yaşamak bazen çok güç bir şey. Huzur diliyorum." (유감이에요. 살아가는 건 때때로 정말 힘든 법이죠. 평안을 빕니다.) "Sebulan lalu aku baru beli buku kamu. Dan masih belum selesai dibaca. Sedih sekali dengar berita ini." (한 달 전에 당신의 책을 샀어요. 아직 다 읽지 못했는데 이런 소식을 듣다니 너무 슬퍼요.)

우리의 기쁨과 슬픔이 같은 표정이라는 것. 코스타노바든 욕야카르타든, 어디에 있든 우리가 같은 고통과 같은 상실감을 느낀다는 것. 그건 정말 언어나 국적과는 전혀 상관없는 것이었다.

{ 13 }
비관주의자의 책 읽기

오늘날 당신을 있게 만든 책

얼마 전까지 베스트셀러 목록에 꾸준히 이름을 올린 책이 있다. 코미디언 출신으로 외식사업에서 크게 성공한 저자는 성공 비결로 다름 아닌 '책'을 들었다. 교통사고로 맞이한 삶의 전환점에서 그는 책을 집어들었고, 이후 20년 동인 무려 4천 권이 넘는 책을 읽었다. 그 과정에서 '삶의 지혜'를 얻었는데, 그건 바로 '부'富를 얻는 지혜였다. 그는 고전에서 삶의 원리와 돈의 이치를 발견하고 이를 사업과 일상에 적용하며 놀라운 성과를 거뒀다고 했다. 우리가 '마땅히 가져야 할 부'가 있고, 이를 얼는 방법을 '고전'이 가르쳐 주었노라고 말하는 책에 많은 이들이 호응하면서 책은 큰 인기를 얻어 속편까지 출간됐다.

책을 많이 읽으면 정말 부자가 될 수 있다고 생각하지는 않는다(그렇다면 나도 최소한 부자 비슷한 거라도 되었어야 하지 않을까). 그보다는 애초에 부자가 되고 싶은 마음과 열의가 있었던 이들에게 책이 힌트를 주거나 길잡이 역할을 해 준 것에 가깝다고 생각한다. 그러나 이와는 별개로 수많은 성공한 사업가, 법률가, 정치인, 지식인이 오늘날 자신을 만든 것은 8할이 책이라고 고백하는 걸 보면, 꼭 '부'가 아니더라도 확실히 책에는 대단한 사람을 길러 내는 모종의 비밀이 숨겨져 있는 것 같다.

자기 분야에서 이른바 성공을 거둔 사람들의 공통점 중 하나는 출신이나 목표와 상관없이 책을 즐겨 읽는다는 점, 그리고 훗날 성공을 거둔 뒤 그 책을 치하한다는 점이다. 빌 게이츠는 "하버드대 졸업장보다 소중한 것은 독서 습관이었다"라고 말했고, 일론 머스크도 어린 시절 하루에 책을 두 권씩 읽어 치우는 책벌레였다. 나폴레옹은 전쟁 중에도 시간을 내서 책을 읽고 죽을 때까지 무려 8천여 권을 읽었다.

책을 읽으면 그들처럼 대단한 사람이 될 수 있을 것 같고, 그 정도는 아니더라도 하다못해 책 때문에 실패할 일은 없어 보인다.

그런데 정말 그럴까?

유명 인사에게 으레 하는 질문 중 하나가 바로 "오늘의 당신을 있게 한 책은 무엇인가요?"다. 이때의 함의는 당연히 '오늘의 당신을 이토록 훌륭한 인간으로 만들어 준 책은 무엇인가요?'다. 책을 읽으면 당연히 훌륭한 사람이 된다는 전제가 깔려 있는 것이다. 하지만 좀 꼬인 나는 이 질문이 이렇게도 들린다.

"오늘의 당신을 '이따위' 인간으로 만드는 데 일조한 책은 무엇인가요?"

병든 인간만이 책을 읽는다

책이 사람을 성장시킨다는 믿음은 너무나 오래되고 견고해서 반대의 가능성—책이 사람을 더 나쁘게 만든다—은 거의 언급되지 않는 것 같다. 하지만 문학적으로나 역사적으로 볼 때 책이 인간을 더 비관적이거나 병적으로 만든 사례 또한 얼마든지 존재한다. 작은 시골 마을의 지주였던 알론소 키하노는 식음까지 전폐하고 당시 유행하던 기사소설에 심취한 나머지 자신이 진짜 돈키호테 기사라는 망상에 빠지고 만다. 보바리 부인이 현실에 만족하지 못하고 끊임없이 이상을 추구하다 결국 파국에 이른 것 역시 어린 시절 수도원에서 탐독한 낭만주의소설에 묘사된 뜨거운 사랑과 화려한 삶 때문이었다.

지나친 독서가 자기파괴에만 그치지 않고 더 큰 비극을 불러온 경우도 있다. 히틀러는 전쟁 중에도 매일 밤 한 권 이상 책을 읽지 않고는 잠자리에 들지 않고 무려 1만 6천 권에 달하는 장서를 남긴 '독서광'이었다. 티머시 W. 라이백의 『히틀러의 비밀 서재: 한 독서광의 기이한 자기계발』은 히틀러의 서재를 통해 인류 역사상 가장 위험한 인물을 만든 책들을 분석한다. 라이백에 따르면 형무소 경비 같은 허드렛일을 하던 평범한 젊은이였던 히틀러는 우연히 참석한 독일 노동당 집회에서 『나의 정치 입문』이라는 소책자를 접한 뒤 정치가의 꿈을 품게 된다. 이후 책은 히틀러의 행보에서 주요 국면마다 결정적 역할을 했다. 세계사 형성 과정에서 북유럽 인종이 매우 중요한 역할을 했다고 주장하는 메디슨 그랜트의 『위대한 인종의 쇠망: 유럽 역사의 인종적 기초』는 히틀러의 광적인 인종주의에 기름을 부었다. 전쟁 개시를 앞두고 별장에 머무르는 동안 막시밀리안 리델의 「세계의 법칙」을 읽은 히틀러는 그로부터 며칠 뒤 전쟁을 선포했다.

애초에 병든 인간이 책을 읽어서 그 속성이 더 두드러져 보이는 것인지, 아니면 책이 그러한 성향을 더 심화시키는 것인지 정확한 선후 관계는 알 수 없다. 히틀러는 초자연적 문제를 다룬 막시밀리안 리델의 미출간 논문 「세계의 법칙」에서 아리아인의 우수성을 다룬 부분에만 밑줄을 그었을 정도로 집요하게 '선택적 독서'를 하는 인간이었다. 자신의 삐뚤어진 사상을 강화하기 위한 용도로 책을 이용했을 뿐인 것이다. 악의 기원을 책에서만 찾는 것은 당연히 성립하지 않지만, 그럼에도 후세대는 절박한 심정으로 생각할 수밖에 없다. 만일 히틀러가 책에 흥미가 없는 인간이었다면? 인생의 결정적 시기에 다른 책을 접했더라면? 그랬다면 역사가 다르게 쓰였을까?

무엇보다 애초 자신의 처지에 의문을 품지 않고 살아가던 소박한 인간을 세상에 대한 의심과 질문으로 각성시키고 끊임없이 투쟁하는 근대적 자아로 진화하도록 부추긴 게 바로 책이 아닌가? 타인과의 대화보다는 내면의 독백을 강화한 끝에 끊임없이 혼잣말하는 인간이 되게끔 만드는 것. 삶이란 근본적으로 허무하고 우리는 죽음을 향해 갈 뿐이라는 진실을 인지하게끔 한 뒤 해답 없는 슬픔과 우울에 빠져들도록 만드는 것. 그게 책이 하는 일 아니던가? 책이 단일한 원인은 아닐지언정 최소한 우리의 비관주의에 대한 일말의 혐의는 물을 수 있지 않겠는가?

고유한 인간이 되기 위하여

끝도 없는 자기 비하를 식량으로 삼던 시기가 있었다. 다른 무엇보다 내가 나라는 사실이 가장 끔찍하게 여겨 졌던 시기. 나의 좌절과 실패가 세상의 전부인 양 여겨 져서 이런 나를 만든 것이 무엇인지 하나하나 죄를 따져 묻기 시작했다.

그러다 문득, 어쩌면 책이 문제였던 건 아닐까 하 는 생각이 들었다. 나는 삶의 질문과 역경 앞에서 매번 책으로 도망쳤다. 자전거를 배우기 전에 자전거에 대한 책을 먼저 읽어야 안심이 될 정도였다. 자전거를 가르 쳐 줄 형제는 없는데 겁은 많아서 일단 맞서기보다 책으 로 먼저 탐색하는 게 나의 방식이었다. 그건 소심하고 용기도 부족한 내가 어떻게든 세상일에 대처하기 위해 나름대로 강구한 방안이었지만, 인생은 매번 그렇게 책으로 대비할 수 있는 게 아니었다. 자전거를 배우려면 자전거를 타야 했다. 기우뚱거리고 고꾸라지길 반복하면서 앞으로 나가는 법을 터득하는 수밖에 없었다. 책으로 아무리 배워도 익힐 수 없는 게 인생이었다.

나는 책으로 둘러싸인 방에 홀로 앉아 후회의 눈물을 찔끔거리면서 생각했다. 어쩌면 책이 나에게 잘못된 걸 가르쳐 준 건 아닐까? 애초에 내가 책을 삶의 근거로 삼는 사람이 아니었다면 다른 사람이 될 수도 있지 않았을까? 그랬더라면 이렇게 홀로 남겨지는 일은 없지 않았을까?

물론 그럴 수도 있고 아닐 수도 있다.

미국의 공영 라디오방송국 NPR에서 "Tell us about books that shaped you"라는 설문조사를 한 적이 있다. 고등학교 시절 읽은 책 중 오늘날의 당신을 형성하는 데 도움이 된 책에 대해 말해 달라는 설문이었는데, 무려 1,100명이 넘는 사람이 응답했다. 언급된 책은 종종 겹쳤지만, 그 책이 자신에게 끼친 영향에 대한 답변은 당연히 사람 수만큼 다양했다. 몇 개를 소개하자면 다음과 같다.

— 존 스타인벡, 『분노의 포도』: 계급의식, 참 뻔한 이야기
지만 어렸을 때는 좀처럼 읽히지 않았어요. 하지만 정
말 그럴까요? 어쩌면 그 이야기가 제 안에 깊이 파고들
어 '특권'이 무엇인지 제대로 표현하지 못했던 나이에
도 이민자와 착취당하는 사람에 대한 공감 능력을 키
워 준 것일지도 몰라요.(에릭 가르노, 41세, 시카고)

— 베티 스미스, 『나를 있게 한 모든 것들』: 프랜시스는
바로 저였습니다. 술에 취한 아버지를 둔 다른 사람들
이 있다는 걸 그 전엔 몰랐어요. 비열하지만 사랑받
고, 절망적이지만 사랑스러운, 잃어버린 영혼들이었
죠.(레베카 시지크, 52세, 네브래스카주 벨뷰)

— J. D. 샐린저, 『호밀밭의 파수꾼』: 저는 대학에서 낙
제하거나 실패한 학생들이 다시 학업에 복귀하도록
돕는 일을 합니다. 저는 제 일을 사랑하는데, 그건 홀
든 콜필드 덕분이기도 합니다.(제니퍼 모리슨, 56세,
뉴욕주 버펄로)

— 조지 오웰, 『동물농장』: 권위주의적 통치의 냄새가 나
는 모든 것에 맞서 목소리를 낼 용기를 줬어요. 그 교
훈은 평생 제 마음속에 남았고, 그래요, 이 백발의 할
머니는 아직도 시위 플래카드를 들고 있어요!(자날리
스톡, 71세, 오하이오주 애선스)

이런 응답을 남긴 레베카 시지크나 자날리 스톡이 정확히 어떤 사람인지 나는 모른다. 성공한 사업가인지, 대단한 부자인지. 그럴 수도 있고 아닐 수도 있다. 이런 '고백'에서 알 수 있는 건 그들이 착취당하는 사람들에게 공감을 보내는 개인, 백발이 되어서도 시위 플래카드를 드는 시민이라는 점이다. 그리고 그들을 그런 사람으로 만든 데에 책이 역할을 했다는 사실이다.

그러니 책을 읽어서 이렇게나 된 것도, 책을 읽어서 이따위로 된 것도 다 맞다. 책을 읽었기 때문에 우리는 '이렇게도' 되고 '저렇게도' 되었다. 그리고 그에 대한 혐의는 책에도, 나에게도 있다. 책이 나를 이런 사람으로 만들기도 했지만, 이런 내가 그 책을 필요로 했다. 그 책들이 나를 구성했고, 내가 그 책들을 내 구성물로 삼았다.

나는 책을 읽었기 때문에 조금 더 비관적인 사람이 되었지만, 책을 읽었기 때문에 스스로 회복할 줄 아는 사람도 되었다. 책을 읽고 훌륭한 사람이 되는 방법 같은 건 모르겠다. 하지만 한 가지, 책을 읽고 내가 되는 방법은 확실히 안다. 우린 겨우 우리 자신만 될 수 있다. 그리고 책이 하는 일 중 그보다 더 놀라운 일은 없을 것이다. 다른 누구도 아닌 하나의 고유한 인간을 만들어

내는 것. 그게 비관주의자이면서도 평범한 한 명의 인
간인 내가 오늘도 책을 읽는 이유다. "어쩌면 나처럼 평
범한 대부분의 독자에게 독서란 위대해지기 위해서가
아니라 살기 위해 하는 것일지도 모른다"●라는 진은영
시인의 말처럼, 위대해지기 위해서가 아니라 다만 살기
위해서.

　　　　● 진은영, 『세계는 나와 맞지 않지만』(마음산책, 2024).

〔 14 〕
어떤 어린이가 책 읽는 어린이가 될까

책 읽기가 어린이에게 좋은 이유?

온갖 것을 읽는 어른이 되기 전에 나는 한때 『이상문학상 작품집』을 읽는 고등학생이었고, 그 전엔 '사계절 1318문고'를 읽던 중학생이었고, 그보다 이전엔 방에 틀어박혀 만화책을 읽던 어린이였다. 말하자면 나는 '독서 조기교육'의 수혜자로서 책 읽는 어른이 된 셈이었다. 그래서인지 아이를 둔 부모에게 "어릴 때부터 책을 읽게 하려면 어떤 환경을 만들어 줘야 할까요?"라는 질문을 받을 때가 있다. 얼마 전 아기를 낳은 친구도 "요새 엄마들 사이에선 책 육아가 제일 화두"라며 이제 막

배밀이를 시작한 아기 앞에 그림책을 놓아 둔 사진을 찍어 보내 왔다. 독서가 언어능력과 지적 능력, 감정 표현 능력을 향상시키고 아이의 발달을 돕는 활동임이 증명된 지 이미 오래니 새삼스러운 현상은 아니다.

물론 나도 그런 질문에 성심성의껏 답한다. 만화책으로 시작하는 것도 나쁘지 않아요, 대신 읽기를 강요하지 마세요, 아이가 자연스럽게 독서와 친해지게 해 주세요. 틀린 말은 아니지만, 어쩐지 정확하지 않은 답변이라는 생각이 든다. 부모들의 질문에는 아이가 독서를 좋은 취미로 삼길 바라는 마음뿐만 아니라 훗날 겪게 될 입시에서 조금이라도 유리하길 바라는 기대 또한 포함돼 있음을 알기 때문이다.

확실히 어린 시절 기른 독서 습관이 이후의 입시 과정에 도움이 되는 것도 사실이다. 나 역시 과외나 학원 같은 사교육의 수혜를 입지 않은 것치고는 책상 앞에 오래 앉아 있는 게 그다지 힘들지 않았고, 특히 국어 시험은 딱히 공부를 열심히 하지 않아도 늘 어느 정도 이상의 점수를 받았다. 요샛말로 '문해력'이 어떤 시간의 누적으로 아주 어릴 적부터 자연스레 체득되었음을 부정할 수 없을 것이다. 실제로 "책 많이 읽은 저소득층 자녀가 독서 안 한 중산층 자녀보다 수능 점수를

10~20점 더 받는다"는 계층 사다리로서 책의 역할을 강조하는 통계도 있다.

하지만 과연 내 독서가 그 모든 효용으로부터 시작되었는가 하면, 그건 잘 모르겠다. 내가 유소년기에 다른 것이 아니라 하필이면 책을 붙든 이유는 독서로 얻을 수 있는 긍정적인 가치를 미리 알아봐서가 아니라 그냥 좀 지루했기 때문이다. Y가 그랬듯이.

지루한 어린이는 실은 외로운 어린이라서

지루할 땐 밖에 나가 철봉에 거꾸로 매달렸다. 잠시 지내게 된 할머니 집에는 여덟 살인 Y가 갖고 놀 만한 것이 없었다. 형제도 친구도 없는 낯선 동네에서 Y는 벽을 향해 공을 차거나 계단 사이를 뛰어다니며 시간을 보냈다.

Y가 계단을 뛰어다니던 곳에서 2.6킬로미터 떨어진 동네에 내가 살았다. 열 살이었던 나도 시간을 어찌해야 할 줄 모르긴 마찬가지였다. 수줍음이 많고 신체활동에 젬병이었던 나는 계단을 뛰어다니는 대신 만화책을 읽었다. 학교를 마치면 동네 만화방에서 200원을 주고 『명탐정 코난』이나 『소년탐정 김전일』을 빌려 집

에 돌아왔다. 순정만화보다 추리만화를 더 좋아한 이유
는 단순했다. 글자가 많아서 읽는 데 더 오랜 시간이 걸
리고, 이야기가 영원히 끝나지 않을 것처럼 계속됐기
때문이다. 타원형 말풍선 안에 빼곡히 적힌 알리바이를
읽다 보면 금세 밤이 됐고, 부모님이 늦은 퇴근을 했다.

훗날 20년이 지나 사회에서 만난 Y와 나는 그때 우
리가 서로의 존재를 알았더라면 좋았을 걸, 그러면 내
가 너희 동네에 가서 어린 너와 같이 놀아 주었을 텐데,
그런 얘기를 했다. 물론 그때 우리가 서로의 존재를 알
았다 해도 사위가 어두워질 때까지 밖을 뛰어다니던 아
이와 해가 지는 것도 모른 채 방에 틀어박혀 책을 읽던
아이가 친구가 되긴 쉽지 않았을 것이다. 그럼에도 우
리가 20여 년 전 어린 우리를 안쓰러워한 까닭은 지루
한 어린이는 실은 외로운 어린이라는 사실을 누구보다
잘 알았기 때문이다.

Y는 할머니 집을 떠나 인구 2천 명의 작은 바닷가
마을로 이사를 갔다. 한반도에서 가장 먼저 해가 뜬다
는 동네는 1년에 한 번 일출을 보기 위해 모여든 사람들
로 북적였지만, 정작 가장 가까운 도서관은 걸어서 2시
간 15분을 가야 있었다. Y는 종종 "나도 어릴 때 책 좀
많이 읽어둘걸, 그럼 어른이 돼서도 책 읽기를 좋아했

을 텐데"라고 말했다. 하지만 Y에게 책은 선택할 수 있음에도 흥미를 갖지 못한 것이 아니라 애초에 선택지에 없는 것이었다. 숙제도 다 끝낸 수학익힘책의 진도를 혼자 나가는 게 Y가 할 수 있는 유일한 책과의 교류였다. Y의 주변에는 하굣길마다 방앗간처럼 들를 수 있는 만화방도, 도서관도 없었다. 만일 Y 주변에 김소영 선생님이나 K 선생님이 있었더라면 Y의 성장은 조금 달라졌을지도 모른다.

어린이의 성장을 돕는 가장 온화한 방식

김소영 작가의 『어린이라는 세계』와 후속작이라 할 수 있는 『어떤 어른』에는 이런저런 어린이가 잔뜩 나오는데, 그중에서도 '책'이라는 세계를 조심스레 알아 가는 어린이가 특히 많이 등장한다. 그건 김소영 작가가 아이들과의 만남이 가장 빈번하게 이뤄지는 독서교실을 운영하는 선생님이기 때문이다.

어린이들은 김소영 선생님이 고심하며 고른 책을 읽으며 차별과 편견, 친절과 호의, 다양성과 배려에 대해 배운다. 『사람 백과사전』을 함께 읽고 장애와 상관없이 어울려 놀 수 있다는 사실을, 『사자와 마녀와 옷장』을 읽고 모험과 용기를 깨우친다. 2학년 자람이는 『사자와 마녀와 옷장』을 몇 달에 걸쳐 다 읽어 낸 뒤에 손을 배에 모으고 선생님에게 인사하며 이렇게 말한다. "이 책을 소개해 주셔서 감사합니다." 그곳에서 어린이들은 사려 깊은 선생님의 안내에 따라 차근차근 세계를 넓혀 간다. 책 읽기는 분명 혼자 터득하는 일이지만, 먼저 그 세계의 멋짐을 알아차린 어른의 도움을 받는다면 여정은 나룻배에 모터를 단 것처럼 쑥쑥 앞으로 나간다.

내게도 그런 선생님이 있었다. 내가 졸업한 여자고등학교의 도서관에는 『씨네21』이 비치돼 있었는데, 학교가 구입하는 게 아니라 지리를 가르치는 K 선생님이 사비로 구독해 도서관에 기증한 것이었다. 나는 학교에서 『씨네21』을 빌려 보는 유일한 학생이었다. 어느 날 나는 선생님에게 『씨네21』을 기증해 주셔서 감사하다고, 선생님이 잡지 구독료로 지불했을 1만 2천 원이 내게는 장학금이나 다름없게 느껴진다고 편지를 썼고, 선생님으로부터 답장을 받았다.

"한 명의 학생이라도 읽는다면 그건 1만 2천 원 이상의 값어치를 한 셈이지. 앞으로는 선생님 우편함으로 온 잡지를 소범이 네가 먼저 보고 도서관에 가져다주면 되겠구나.”

그때의 경험이 나를 읽는 어른으로 살게 해 주었다. 세상에는 책보다 재미있는 것이 당연히 많겠지만, 단언컨대 책만큼 온화한 방식으로 어린이와 청소년의 성장을 돕는 것은 없다. 이들에게 위험한 책이란 거의 없다. 하다못해 10대 때 내가 읽은 가장 ‘나쁜’ 책을 꼽아 보려 해도 생각나는 것이라곤 이우혁 작가의 『퇴마록』 정도다. 나는 한 지역 시민단체 휴게실에서 『퇴마록』을 읽었다. 성인 언니 오빠가 주로 머물던 그곳에서 어떤 압박도 느끼지 않은 채 느긋하게. 지금 생각하면 열세 살이 읽기엔 제법 음험하고 성적인 뉘앙스가 가득한 책이었지만, 그렇다고 해서 내게 큰 해악을 끼친 것도 아니었다. 책과 선량한 어른이 함께 있는 곳은 열세 살에게 안전한 놀이터가 되어 주었다.

하지만 현실은 어떤가. ‘2024 아동행복지수 생활시간조사’에 따르면, 우리나라 아동 청소년은 수면과 식사 등 생활필수시간을 제외하면 학교와 학원에서 가장 많은 시간(8시간 34분)을 보내고, 여가에는 4시간 27분을 쓴다. 학교+학원+자율학습 등 학업 시간이 하루 생활의 3분의 1 이상을 차지하고, 초등학생의 경우 하루 평균 학습 시간이 6시간 49분, 여가 시간은 49분에 불과하다는 조사도 있다. 그나마의 여가 시간도 대부분 인터넷, 모바일게임, SNS, 영상 시청 등 미디어 기기에 의존하고 비용 부담과 시설이나 장소 부족으로 여가 활동에 어려움을 겪는 것으로 보인다. 심심할 때 갈 만한 곳이라곤 피시방과 노래방 정도다.

돈을 지불하지 않고도, 위험에 노출되지 않고도, 성취 압박을 느끼지 않고도 어린이가 자신의 시간을 보낼 수 있는 방법과 장소가 더 많아져야 한다. 학원과 피시방과 온라인커뮤니티 외에도 자신이 환대받을 곳이 있다는 사실을 더 많이 알아야 한다. 그건 무엇보다 책이 가장 잘할 수 있는 일이기도 하다.

할 수만 있다면 나는 20년 전으로 돌아가 재미있는 것을 잔뜩 빌려서 Y의 집에 찾아가고 싶다. 찾아가서 함께 방에 드러누워 해가 지도록 그것을 읽고 싶다. 그런 뒤에는 라면을 두 개 끓여 나눠 먹으며 각자가 읽은 것 중 가장 재미있는 장면은 무엇인지 이야기하고 싶다. 내가 본 세계를 Y와도 나누고 싶다. 하지만 그럴 수 없으니 대신 김소영 선생님의 말을 떠올린다. "여러분이 어렸을 때 좋아했던 어른이 되어 주세요. 만일 그런 어른을 만난 적이 없다면, 여러분에게 필요했던 바로 그 어른이 되어 주세요."(『어떤 어른』)

지금도 어딘가에 있을 Y와 소범에게 내가 해 줄 수 있는 일이 무엇인지 고민해 본다. 그들에게 선물해 주고 싶은 목록을 떠올려 본다. 『돼지가 한 마리도 죽지 않던 날』과 『유진과 유진』과 그 외 아주 긴 목록을. 우선 이 글부터 그들에게 건네고 싶다. 책이라는 흥미로운 세계에 놀러 오라는 초대장으로.

책과 그 밖의 이야기들

그냥, 읽는 사람

계절이 바뀌는 길목마다 고질병을 앓았다. 지겨워병, 시시해병, 손에 잡히는 게 아무것도 없어병. 일목요연한 성취를 기대하기엔 배움도 경력도 한참 짧은 나이라는 걸 알면서도, 한시라도 빨리 어떤 '앎'에 도달하기를 헛되이 바랐다. 노대체 나는 누구인지, 나라는 사람이 할 줄 아는 게 뭔지. 잘 아는 사람, 잘하는 사람이 되고 싶었다. 그게 뭐든지 간에.

어느 날 습관처럼 내가 그만둔 것의 목록을 세어 보다, 반대로 그만두지 않은 것도 있음을 깨달았다. 맹렬하게 몰두했던 것일지라도 결국 완전히 그만둬 버리는 시기가 늘 찾아왔다. 하지만 많은 것을 시작하고 그만두는 동안에도 읽는 일만은 그만두지 않았다. 절망의 구렁텅이에 빠져 허우적거리던 날에도, 등에 날개라도 단 듯 아주 개운하던 날에도 전부 떨치고 다시 책 앞에 앉았다. 책의 내용은 매번 처음 접하는 것이라도 그 고요와 흥분만은 아주 익숙했다. 그건 확실히 내가 될 수 있는 것이었다. 그냥, 읽는 사람. 독자.

계속할 수 있었던 이유는 읽는 것으로 성취를 바라지도 대결하지도 않았기 때문이다. 그러니 포기할 것도 없었다. 읽는 것에 있어 내가 질투할 유일한 대상은 미래의 나뿐이었다. 적어도 걔는 나보다 많이 읽었을 테니까. 이 사실을 깨닫는 순간 짜릿한 해방감이 찾아왔다. 누구에게 무엇으로도 증명할 필요 없이 오로지 나의 관성으로만 지속하는 일이 나에게 있다는 사실을 깨닫자 이루 말할 수 없는 평화가 마음에 깃들었다.

이 깨달음이 가져다준 기쁨이 더없이 충만해서 어느 날 SNS에 책 사진 한 장을 게시하며 이렇게 썼다. "지금에 이르러서는, 나의 가장 오래된 정체성이 읽는 사람이 되었다는 것을 깨닫는다."

그걸 본 정민기 편집자가 '그냥 읽는 사람에 대한

책'을 제안했다. "한 사람이 독자가 되어/독자로 지속하는 이야기"를 써 보자고. 그게 이 책 『독자 되는 법』이 세상에 나오게 된 계기다. 그때 그 사진 속에서 내가 읽고 있던 책은 이승우의 소설 『생의 이면』 개정판이었다.

책과 그 밖의 이야기들

읽는 일에 대해 말하는 건 다른 일에 대해 말하는 것보다 수월하다. 책임이 없기 때문이다. 좋아한 것밖엔 저지른 짓이 없으니까. 나는 아무 자격 없이도 마음껏 떠든다. 내가 사로잡힌 목록에 대해, 문장에 대해. 오늘은 이렇게 말하고 다음 날은 저렇게 말해도 상관없다. 말은 이미 흩어졌으니까. 나는 다만 한 명의 자유로운 독자로서 내키는 대로 읽고, 곧 잊어버린다.

하지만 읽는 일에 대해 '쓴다'면? 독자로서의 삶을 활자로 선언해 버리고도 그걸 감당할 수 있을까? 하지만 독자로서 내가 이 두려움마서도 이겨 냈다. 무엇보다도 나는 읽고 싶었다. 편집자의 말처럼 "한 사람이 독자가 되어/독자로 지속하는 이야기"를. 물론 그 이야기를 내가 써야 한다는 게 문제이긴 했지만.

쓰고 보니 쓰고 싶은 것이 아주 많았음을 깨달았다.

책과 공간을 나눠 쓰는 법. 삶을 쪼개 책 읽는 시간을 만드는 법. 읽은 책에 대해 쓰는 법. 책 읽는 어린이가 자라 어떤 어른이 되었는지. 무엇으로 읽을지. 그리고 혼자 읽기와 함께 읽기·양서·과시용 독서·읽은 책과 읽을 책의 목록·정도라 일컬어지는 읽기·한국문학 독자라는 특권·무엇보다 책을 읽고 고유한 나 자신이 되는 법에 대해. 책에 대해 쓸 얘기가 이렇게나 많은 사람이었다는 사실에 스스로도 놀랐다. 심지어 어느새 약속한 분량을 초과해 미처 다 풀어내지 못한 이야기도 있는데, 아쉬우니 짧게나마 덧붙이자면 다음과 같다.

가을은 정말 독서의 계절일까?

과학적으로는 그렇단다. 가을이 되면 일조량이 줄어들어 행복 호르몬인 세로토닌이 적게 분비되기 때문에 마음이 차분해져 독서에 집중하기 좋다. 하지만 국립중앙도서관에 따르면 9월, 10월, 11월에 도서 대출량이 가장 낮다고 한다. 사실 계절은 별 상관 없는지도 모른다. 여름에는 더우니까 도서관에 가서 에어컨 바람을 쐬며 읽고, 가을에는 근처 공원 벤치에 앉아 가을볕을 쐬며 읽고, 겨울에는 보일러를 빵빵하게 틀어 둔 방에서 읽으면 된다. 개인적으로 올해 가장 즐거웠던 독서 경험은 최고

기온이 30.7도에 육박한 여름날, 잠원 한강 수영장에 돗자리를 깔고 누워 책을 읽다 몸이 뜨거워질 때쯤 수영장에 풍덩 몸을 던진 일이었다.

책을 읽으면 건강이 나빠질까?

나는 오복 중 하나라는 눈 건강만큼은 타고났다. 아무리 어두컴컴한 방에서 책을 읽어도 양쪽 눈의 시력은 1.5와 1.0 아래로 떨어지지 않았다. 물론 약간의 거북목과 굽은 어깨, 척추측만증이 골고루 있는데 아마 책 탓이 클 것이다. 책은 어쩐지 정자세보다 누워서, 엎드려서, 턱을 괴고, 구부정한 자세로 읽는 것이 더 집중이 잘되니까. 만일 어릴 때부터 책을 읽는 대신 나가서 공을 찼다면 몸의 형태가 지금과는 좀 달라지지 않았을까 싶긴 하다. 반면 미국 예일대 연구팀이 50세 이상 3,635명을 대상으로 진행한 연구에 따르면 하루 3분 이상 정기적으로 독서를 하는 사람이 그렇지 않은 사람보다 평균수명이 약 2년 성도 더 길다고 한나.

책 관리법

주말 오후, 거실 창으로 따사로운 햇볕이 내리쬔다. 거실 한편 책장에 꽂힌 책들이 빛을 받아 아름답게 반짝인다. 하지만 이 풍경은 사실 책에 '나쁜' 환경이다. 오랫동안 빛에 노출된 책은 종이의 형광증백제가 증발하면서 푸르거나 노랗게 변색되기 때문이다. 책의 내용만큼이나 물성도 사랑하는 이들은 책에 최고의 환경을 마련해 주기 위해 노력하는 모양이지만, 나는 '책 관리'에 좀처럼 관심이 없다. 내 책장에는 여기저기 접히고 지저분하게 낙서된 책이 제멋대로 꽂혀 있다. 처음에는 나름의 분류법에 따라 질서정연하게 꽂아 두었지만, 시간이 지나면서 되는대로 빈 공간에 욱여넣다 보니 기준 같은 건 무용해진 지 오래다. 하지만 그러면 어떤가? 이건 그러니까, 나만의 점잖은 카오스다.

책 읽기는 환경에 나쁜 일일까?

'질 낮은' 책을 접할 때 우리가 흔히 쓰는 표현 중 하나가 "나무야, 미안해"다. 책은 종이로 만들고, 종이는 나무를 베어 만드니까 책을 위해 훼손된 산림에 유감을 표하는 것이다. 꼭 나쁜 책이 아니더라도 나는 책이 궁극적으로는 자연을 훼손한 결과물이라는 사실에 늘 은은한 죄책감을 갖고 있었다. 하지만 최근에 종이의 원료가 되는 나무 칩이나 펄프는 자연림(또는 천연림)이 아닌 인공조림을 통해 생산한다는 사실을 알게 되었다. 게다가 종이는 재활용이 된다! 작년 한 해 우리나라에서 생산된 종이 원료의 78퍼센트가 폐지를 재활용한 것이고 나머지 22퍼센트는 인공조림지에서 생산된 나무 칩이나 수입 펄프, 일부 국내 조림지에서 발생하는 잔여물과 간벌재 등이었다고 한다. 덕분에 이 책을 쓰는 내 마음도 한결 가벼워졌다.

100개의 안 읽을 이유와 단 1개의 읽을 이유

이 책을 읽을 당신이 어떤 사람일지 상상해 본다. 나보다 훨씬 많은 책을 읽어 온 사람일 수도, 이제 막 책과 친해져 보려는 사람일 수도 있겠다. 혹은 휴대폰 배터리가 꺼져 달리 할 일이 없던 차에 우연히 근처에 이 책이 놓여 있어 고육지책으로 집어든 사람일 수도 있겠다. 어느 쪽이든 에필로그까지 이르렀다면 우리는 같은 정체성을 공유한 사람이다. 그러니까, '독자' 말이다.

일종의 상수처럼 느껴지는 '나쁜 지표'들이 있다. 예컨대 높은 자살률, 과도한 노동시간, 낮은 출산율, 그리고 낮은 종합 독서율 같은 것 말이다. 1년간 일반 도서를 읽은 사람의 숫자를 의미하는 '종합 독서율'은 늘 역대 최저다. 2025년 기준 1년간 책을 한 권 이상 읽은 사람은 38.5퍼센트에 그친다. 즉, 10명 중 6.2명이 1년에 단 한 권의 책도 읽지 않는다는 의미다.

누군가는 이 수치를 두고 큰일이라고, 낮은 문해력과 연결시켜 당장 개선해야 할 상황이라고 목소리를 높일 것이다. 그럼에도, 그 무수한 '필요'에도 불구하고 책 읽기라는 행위는 마찬가지로 무수한 '불필요'에 의해 다른 행위로 대체될 것이다. 유튜브, 넷플릭스, 인스타그램 그리고 아직 도래하지 않은 미래의 다른 문명에 의해. 그 거대한 흐름에 반발해 책 읽기의 위대함을 설파할 수 있는 사람은 확실히 나는 아니다.

다만 내가 아는 것은 나의 외로움이다. 나의 읽기는 외로움에서 시작됐다. 맞벌이하는 부모님, 수줍은 성격, 형제도 없고 학원도 안 다니고 게임기도 없고. 이런 어린 시절의 조건이 맞물려 우연히 책을 집어들었고, 운 좋게도 거기에서 재미를 발견했을 뿐이다. 이후에는 많은 걸 알아 가는 게 좋아서, 선생님에게 칭찬받는 게 좋아서, 책이라는 매체의 그 복합적 장점에 이끌려서 계속했을 뿐이다. 무엇보다 여전히 외로워서. 안 읽을 이유도 많았지만 신기하게 읽어야 할 이유가 늘 조금씩 상회한 덕에 내 독서는 지속됐다. 그리고 이런 순간 덕에.

세상에 책과 나 단둘이 남은 것만 같은 고요한 밤,

책이 나에게 작은 이해 한 쪽을 나눠 주는 듯한 기분이 들 때가 있다. 책장을 넘기다 보면 어느 문장 앞에서 오래 머무는 순간이 찾아온다. 그 찰나에 잠시나마 이 불가해한 세상이 이해되고 내가 깨우친 사람이 된 것 같은 황홀한 착각에 빠진다. 혼자서는 도저히 가능하지 않을 것 같던 상실, 비탄, 고통에 대한 이해 역시 책의 도움을 받으면 가능할지 모른다는 착각. 물론 책장을 덮고 나면 나는 여전히 모르는 상태이지만, 최소한 알고자 노력한 사실은 남는다. 그 노력의 잔해가 나를 내일로, 다시 내일로 밀어 주었다. 읽는 일은 이를테면 끝이 없어 보이는 세상에 대한 이해를 포기하지 않게 도와주는 길잡이 같은 것이었다. 세상의 많은 일 앞에서 나는 매번 새롭게 무지해지지만, 그때마다 다시 책상 앞에 앉아 책을 펼치면 작은 용기가 샘솟았다. 세상을 알고 싶다는 마음을 품을 용기가.

그게 나의 '읽을 이유'였다. 이 책을 탈탈 털어서 결국 내가 말할 수 있는 건 그뿐이다. 그리고 당신에게는 당신의 이유가 있을 것이다. 그 모든 무수한 '안 읽을 이유'에도 불구하고 읽는 이유가. 이 에필로그까지 다다른 이유가. 나는 이제 그게 궁금하다.

언젠가 우리가 우연히 만난다면 책 이야기를 하자.

이 광막한 우주에서 각자가 발견한 이유에 대해. 이 책
이 그 만남을 위한 다리가 되어 준다면 더할 나위 없이
기쁠 것이다.

독자 되는 법
: 안 읽는 사람에서 읽는 사람으로

2026년 4월 24일   초판 1쇄 발행

지은이
한소범

펴낸이	**펴낸곳**	**등록**	
조성웅	도서출판 유유	제406-2010-000032호(2010년 4월 2일)	

주소
경기도 파주시 돌곶이길 180-38, 2층 (우편번호 10881)

전화	**팩스**	**홈페이지**	**전자우편**
031-946-6869	0303-3444-4645	uupress.co.kr	uupress@gmail.com
	페이스북	**트위터**	**인스타그램**
	facebook.com /uupress	twitter.com /uu_press	instagram.com /uupress
편집	**디자인**	**조판**	**마케팅**
정민기, 류현영	이기준	정은정	전민영
제작	**인쇄**	**제책**	**물류**
제이오	(주)민언프린텍	라정문화사	책과일터

ISBN 979-11-6770-154-1 03810